KB139291

상처는 세상을 내다보는 창이다

상처는 세상을 내다보는 창이다

2012년 12월 3일 초판 1쇄 발행

지은이 이수태
펴낸이 이문수
교정·편집 이만옥
본문사진 염기동
본문디자인 Design ink 최인경
펴낸곳 바오출판사

등록 2004년 1월 9일 제313-2004-000004호
주소 서울시 마포구 서교동 247-17 신한빌딩 303호(121-896)
전화 02)323-0518 / 문서전송 02)323-0590
전자우편 baobooks@naver.com

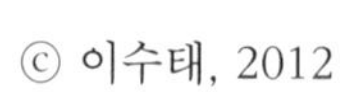

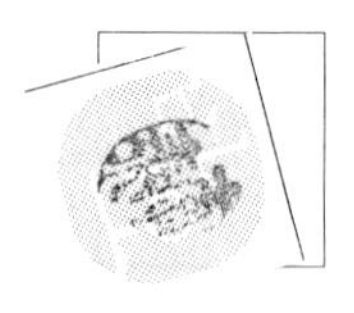

ISBN 978-89-91428-13-3 03810

* 값은 뒤표지에 있습니다.
* 잘못 만든 책은 바꿔드립니다.

이수태 에세이

상처는 세상을 내다보는 창이다

바오

■ 머리말

무척 오랜만에 새 에세이집을 낸다. 돌아보니 8년 만이다. 두 번째 에세이집을 낸 후 공직 생활을 하는 동안은 더 이상 책을 내지 않겠다고 결심했던 탓이다. 그리고 지난 6월말, 드디어 나는 32년간의 공직 생활을 모두 마치고 은퇴하였다. 한바탕의 긴 꿈을 꾸고 난 듯 아직은 몽롱한 '소집 해제'의 여운 속에서 드문드문 써두었던 글을 꺼내어 책으로 엮어 보는 마음에 설렘이 없을 수가 없다.

첫 에세이집 『어른 되기의 어려움』은 비교적 성격이 뚜렷한 책이었다. 자본의 횡포 속에서 질식되어 가는 인간성에 나름대로 목소리를 부여하려는 목적의식이 있었기 때문이다. 그것이 나의 윤리이기도 했고 투쟁이기도 했다. 그러나 이번에 엮는 책, 『상처는 세상을 내다보는 창이다』에 와서는 확실히 그 성격에 변화가 생긴 듯하다.

한동안은 그것이 어떤 변화인지 나 자신도 잘 파악이 되지 않았다. 자본과 인간의 대립은 여전한 것 같지만 전반적으로 그것은 원경으로 물러나 앉았다. 소소하던 차이는 이제 별 차이가 되지 않고 큰 차이도 이젠 작은 차이로 자리를 잡는다.

대신 언젠가부터 새로운 의무가 다가와 있는 것을 느낀다. 삶의 운명을 읽어야 하는 의무다. 마치 먼 준령을 향하여 떠나는 등정의 마지막 고비에서 저 너머 구름인 듯 거대하게 덮여 있는 또 하나의 외외한 준령을 목도하는 듯하다.

나는 이제 왜 공자가 "오십이 되어 천명을 알았다"고 했는지 알 것도 같다. 불혹은 싸움이고 그 싸움에서의 승리를 말한다. 그러나 천명은 다르다. 거기에는 더 이상 싸워 이겨야 할 대상이 없다. 단지 받아들여야 할 사실만 도연히 버티고 있다. 너무 거대하여 준령의 전체 모습은 다 보이지조차 않는다.

이 새 의무 속에서 하루하루를 맞는다. 그리고 이 의무 앞에서 새삼 경건할 필요성을 느낀다. 만만치 않은 이 길, 극히 소수의 사람에게만 허용된다는 이 길을 나는 가는 데까지 열심히 가보려 한다. 가면서 그때그때의 소식이 있다면 그 소식도 열심히 전하겠다. 마침내 "복사씨와 살구씨가 사랑에 미쳐 날뛸 날"이 올 때까지.

2012. 11. 1

강화산방에서 이수태

차례

연민이 지혜를 낳는다

지상의 머리 둘 곳

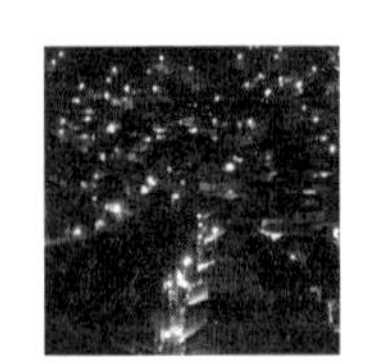

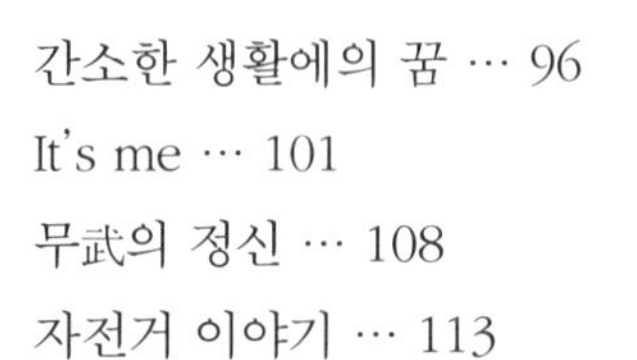

성숙, 그 잃어버린 차원

연민이 지혜를 낳는다

우리가 이 세상을 그 심연에서부터 바라볼 때, 이 세상 역시 상처로 가득 차 있다. 모든 곳에서 우리는 피 흘림을 보고 신음을 듣는다. 돌이켜 보면 땅 위에 상처 아닌 것이 어디에 있는가. 어쩌면 인간이라는 존재 자체가 이 광막한 우주의 상처가 아닌가! 단지 우리는 우리가 '보는' 만큼의 상처를 가질 뿐이며 그런 방식으로 가지는 상처의 크기만큼 지혜와 인간적 연대를 확보하는 것이라 생각한다.

희비애락에 노출된 인간의 삶은 드러난 상처와도 같다. 최후의 순간에 지혜는 그 모든 상처들과 일체화된다. 정초에 입은 손의 상처도 이제는 단지 거뭇거뭇한 흔적으로만 남았다. 마치 이물고 더치고 하며 언젠가는 이르러야 할 내 삶의 일체화를 가리키는 은유처럼. －「상처」

두 자매

30대 초반 결혼을 하고 나는 아내와 서울의 경계선을 조금 벗어난 외곽도시 한 모퉁이에 살림을 꾸렸다. 아내는 결혼 전에 다니던 교회를 떠나 집에서 가까운 한 교회를 정하여 다니기 시작했다. 나도 일 년에 서너 번 아내를 따라 그 교회를 가곤 했다. 그러면서 적잖은 교회 사람들을 알게 되었다. 특히 아내의 새 친구들이라 할 수 있는 교회의 여자 집사님들을 몇몇 알게 되었다. 이런 주변도시에 사는 사람들이 대부분 그렇듯 불안정한 직업에 매달려 어렵게 사는 사람들이었다. 그 중에 아내가 정 집사님이라고 부르던, 아내와 동갑의 집사님 한 분이 아내와 특별히 가깝게 지냈다. 우리 집에도 자주 놀러 오던 그녀는 정이 많고 밝은 성격의 소유자였다. 초등학교 저학년에 다니던 큰딸과 취학 전의 둘째 딸이 그녀 주변을 종종거리며 뛰어다니던 기억, 아직 기저귀를 차고 있던, 유모차 속의 우리 형식이를 둘러싸고 두 아이들이 귀여워 죽겠다는 듯이 집적거리며 놀던 기억 등이 아삼삼하다.

그녀의 남편은 조그마한 보일러 판매점을 하고 있었다. 그 전에는 주로 집수리 같은 막일을 다녔는데 조금 여유가 생겨 가게를 개업하였다고 들은 것 같다. 언젠가 우리 집 안방 보일러 배관에 문제가 생겨 그에게 일을 맡긴 적도 있었다. 그는 작은 키에 다부진 입 매무새를 가지고 있었는데 허술한 차림새에 가려져 있어서 그렇지 이목구비가 뚜렷하고 무척 잘생긴 얼굴이었다.

그런데 얼마 지나지 않아 나는 아내로부터 정 집사님이 자주 남편에게 구타를 당한다는 말을 들었다. 술을 마시지 않으면 괜찮은데 술만 마시면 머리끄덩이를 잡고 주먹질 발길질을 가리지 않아 정 집사님이 불쌍하다고 자주 걱정하는 이야기를 했다. 그러고 보니 언젠가 교회에서 앞머리로 멍든 눈을 가린 채 남들의 시선을 피하던 모습을 보기도 했던 것 같다. 그녀의 집은 우리 집에서 불과 1백 미터 정도밖에 떨어져 있지 않았기 때문에 이런 소문이 더 빨리 들릴 수 있었던 것인지도 모른다. 나는 그녀의 정열적인 눈매와 어두운 구석이라고는 전혀 느껴지지 않는 활발하고 긍정적인 표정을 생각할 때 이런 소문이 더욱 마음이 아팠다. 차분하고 얌전해 보이던 그 양반에게 무슨 문제가 있어서 그토록 술을 마시고 착한 아내에게 손찌검까지 하는 것일까 생각하니 마음이 답답했다.

그러던 어느 날 밤, 아내도 나도 깊이 잠들어 있던 심야에 갑자기 집이 어수선해졌다. 나는 여전히 잠이 덜 깨어 비몽사몽으로 누워 있었고 아내가 무슨 낌새를 차렸는지 잠옷 바람에 급하게 바깥으로 나갔다. 대문소리, 발자국 소리, 수런거리는 소리가 들리고 잠시 후 아내가 다시 방으로 들어오더니 "정 집사님네 집에 가봐야겠다"는 말만 하고 황급히 옷을 챙겨 입고 나갔다. 나는 다시 어설픈 잠에 빠져들었던 것 같고 약 한 시간쯤 더 지나서야 아내는 파김치 같이 늘어져 다시 방으로 돌아왔다. 자초지종인즉 정 집사님네 두 딸이 내복바람으로 우리 집으로 달려와서 아빠가 엄마를 죽이려 한다며 울면서 발을 동동 굴렀다는 것이다. 20년도 넘은 일이라 나는 그날 밤 들었던 것을 자세히 기억할 수 없다. 다만 아이들이 가엾어 상황이 그러면 아이들을 우리 집에 재워서 보냈어야 하는 것 아니냐고 물었던 것 같고 아내는 사정이 그렇지 않아 어찌어찌 그 상황을 잠재우고 다시 돌아왔다며 안타까운 한숨만 거듭했던 것 같다.

그날 아내로부터 단지 말로만 들은 그 상황은 어쩐 일인지 내 뇌리에 생생하게 남았다. 어렸을 적 나도 아버지의 술주정이 한없이 무서웠다. 어느 날은 상황이 잠들 때까지 마루 밑에 숨어 있다가 거기서 잠이 든 적도 있었다. 그 원색의 공포를 아는 나로서는 그날 밤 아버지의 무자비한 폭력 앞에서 울부짖던 모습이며 내복바람으로 밤거리를 달려오던 모습이 마치 내가 직접 보기라도 한 듯이 마음 깊은 곳에 영상으로 남았다. 훗날 나는 교회에서 아이들의 표정을 주의 깊게 살펴보았지만 아이들이라 그런지 표정이 쉽게 관찰되지 않았다. 단지 약간 말을 더듬기도 했던 큰 아이의 얼굴에서만 다소 어두운 무언가가 엿보였다. 작은 녀석에게서는 그런 점마저 별로 엿보이지 않았다. 작은 녀석은 언니에 비해 활발했고 의사표현이 분명했다. 그것을 주어진 상황에 대한 반항적 기미로 본 것은 다만 나의 주관적 해석이었을 것이다.

아이들이 중학생이 된 모습이 전혀 내 기억에 없는 것을 보면 나는 아마 아이들이 4~5학년 정도 되었을 무렵에 그곳을 떠나 서울로 이사를 갔던 것 같다. 서울로 이사를 간다는 것은 그 외곽도시의 초라한 삶의 수준에서 한 발짝 벗어나는 것을 의미했다. 그 때문에 그곳에 대한 낡고 흐린 기억 곁에는 늘 그곳 사람들에 대한 얼마만큼의 죄의식이 감돌게 되었다. 아내는 이사를 가고 나서도 그 교회를 다녔지만 나는 거의 가 보지를 못했다. 나는 1~2년에 한 번쯤 아내가 교회에서 들은 소식을 전해 듣는 것이 전부였다. 정 집사님네도 가까운 어딘가로 이사를 갔다는데 우리의 경우와는 달리 아무래도 더 나은 환경을 찾아서 간 것은 아니었던 것 같다.

세월이 흐르고 어언 두 딸들이 고등학교에 다니고 있다 하더니 곧 대학 진학을 하기가 어려워 기로에 서 있다는 소식을 들었다. 나는 말할 수 없이 안타까웠다. 그런데 얼마 후 아이들이 간신히 대학에 진학을 하였다는 소식이 들렸다. 나는 안도했다. 나중에 들은 이야기지만 아이들이 대학에 진학을 하는 데에는 정 집사님의 혼신의 희생이 있었던 모양이다. 그리고 다시 몇 년 더 지나더니 또 안타까운 소식이 들렸다. 정 집사님 내외가 결국 이혼을 하였다는 것이었다. 놀랍게도 그 이혼은 두 딸들이 강력히 종용한 결과라고 했다. 더 이상 아빠와 같이 살다가는 엄마가 죽을지도 모른다며 엄마를 눈물로 설득하였다고 하니 그때까지도 그 양반은 술버릇을 고치지 못했던 모양이다. 정 집사님은 인천의 어느 공사장 주변 식당에서 일을 하며 혼자 살고 두 딸은 아빠와 함께 살기로 결정을 하였다는 소식은 나의 마음을 아프게 하였다. 엄마의 치맛자락 주변을 종종거리며 뛰어다니던 아이들은 어언 부모의 문제를 결정할 만큼 성장해 있었던 것이다.

그리고 또 얼마간의 세월이 흘렀다. 어느 무척 추운 날이었으니 크리스마스 이브였는지도 모르겠다. 나는 모처럼 아내와 교회에 가서 예배를 마치고 막 차에 올라 복잡한 교회 마당에서 다른 차들이 빠지기를 기다리고 있었다. 아내가 차 쪽으로 오더니 정 집사님네 두 딸이 청년회 모임에 참석했다가 내가 왔다는 말을 듣고 인사를 하러 온다는 것이었다. 곧이어 두 아이들이 복잡한 차들 사이를 비집고 내게로 다가왔다. 나는 차창을 내리고 아이들과 얼굴을 마주했다. 마지막으로 아이들 얼굴을 본 후 거의 10년이라는 세월이 흘렀다. 땟국이 흐르던 초등학교 아이들은 어느덧 졸업을 앞둔 대학생들이 되어 있었다. 오버코트 위로 길게 목도리를 드리운 아이들의 자태, 청춘의 대망待望과 자랑스러움으로 가득한 표정들을 나는 감탄하듯 올려다보았다. 정 집사님의 다정다감하고 밝은 눈매며 저희 아빠의 잘 생긴 얼굴을 물려받은 그 아이들 앞에서 나는 이들이 보낸 지난 10여 년과 그 과정에서 겪었을 사춘기의 고통을 종내 짐작할 수 없었다. 아이들은 정말로 반가워했고 나도 반가웠다. 아이들은 우리 형식이의 근황을 물었던 것 같으나 나는 아이들 부모의 근황도 지나온 세월도 물어볼 수 없었다. 내가 할 수 있는 일은 그저 자랑스럽게 성장한 아이들의 모습을 올려다보는 것뿐이었다. 인사 후 아이들은 다시 저만치 청년회 멤버들이 둘러서 있는 곳으로 가 담소를 나누었다. 마침 흩날리던 눈발 사이로 두 자매의 먼 모습을 바라보던 나는 잠시나마 감당하기 어려운 감상에 젖었다. 일군의 청년들에 둘러싸여 무슨 화제론가 몸을 젖혀가며 웃고 있는 두 자매의 정경 위에 나는 그 옛날 어둠을 뚫고 내복 바람으로 달려오던 눈물범벅의 어린 얼굴들을 겹쳐 보았다. 그리고 난데없이 인생이 아름답다는 생각, 이승의 삶에 대한 다함없는 감사, 비극과 희극에 공히 내려진다는 신의 축복 같은 벅찬 상념들에 휩싸여 빙그르 도는 눈물을 간신히 억제해 가며 서서히 교회 마당을 빠져나왔다.

그날 우연히 교회 마당에서 두 자매의 장성한 모습을 보았던 것도 이젠 오래 전의 일이 되었다. 그들이 머리를 맞대고 인형처럼 매만지고 놀던 형식이가 벌써 스물여섯이니 아이들은 지금쯤 서른들이 훌쩍 넘었을 것이다. 어쩌면 다들 시집을 가서 아이들까지 있을지도 모르겠다. 오늘 아내의 권유로 두어 달에 한 번쯤 여전히 불성실하게 다니는 교회에 갔다가 갑자기 그 아이들과 그날 눈발 사이로 보던 환상과도 같던 자매의 모습 그리고 잠시 내 가슴에 격하게 밀려들던 삶의 눈물겨움과 아름다움 같은 것들이 조용히 회상되어 돌아오는 차중에서 아내에게 물어보았더니 이제는 아내도 그들 자매의 소식을 들어 본 지가 오래되었다고 한다.

전태일과 김윤동

전태일

그는 1970년 11월 청계천 평화시장 앞거리에서 근로기준법을 준수하라고 외치며 스스로의 몸에 석유를 붓고 분신하여 당시의 척박한 노동 현실에 경종을 울렸다. 그 사건은 우리나라 노동운동의 사실상의 기점이 되었고 이후 전태일이라는 이름은 소외된 노동자들의 고통과 진실을 대변하는 영원한 상징이 되었다.

그는 나보다 세 살 위였다. 그가 스스로의 몸을 불태웠을 당시 나는 대학에 떨어져 재수를 하고 있었다. 분신 사건이 있던 11월에도 나는 아마 한두 번은 그곳 청계천 5가의 헌 책방을 찾아 헌 책을 기웃거렸을 것이다. 물론 그 길모퉁이에서 어느 이름 없는 재단사가 비극적으로 죽어 갔다는 사실은 전혀 모른

채, 어쩌면 그가 불타 쓰러졌던 자리 위를 무심코 걸어갔을지도 모를 일이다.

그의 죽음을 안 것은 아주 오랜 시간 후, 어쩌면 10년도 더 세월이 지난 후였을 것이다. 그가 남긴 일기와 편지글, 탄원서, 메모 쪽지 등을 읽으며 나는 감동과 수치에 몸을 떨었다. 그의 글을 읽고 그가 죽음에 이르기까지 걸은 행적을 재구성해 본 사람이라면 누군들 그러지 않겠는가! 그는 자신의 죽음을 자신의 삶 속에 고통스럽게 그러나 너무나도 명확하게 편성해 넣었던 것이다.

이 결단을 두고 얼마나 오랜 시간을 망설이고 괴로워했던가? 지금 이 시각 완전에 가까운 결단을 내렸다.

나는 돌아가야 한다. 꼭 돌아가야 한다. 불쌍한 내 형제의 곁으로, 내 마음의 고향으로, 내 이상의 전부인 평화시장의 어린 동심 곁으로.

나를 버리고, 나를 죽이고 가마. 조금만 참고 견디어라.

너희들의 곁을 떠나지 않기 위하여 약한 나를 다 바치마.

너희들은 내 마음의 고향이로다.

상상력의 비약인지는 모르겠지만 나는 죽음을 향해 감연히 나아가는 그의 마지막 행적에서 2천 년 전 저 예루살렘에서 있었던 한 사나이의 마지막 행적을 읽곤 했다. 완전히 같은 차원은 아닐는지 몰라도 또 어느 누구도 완전히 다른 차원이라고 단언할 수 없는 것이 거기에 있다고 나는 지금도 생각하고 있다.

김윤동

그는 유명인이 아니다. 그냥 오늘날을 사는 평범한 한 시민이다. 더 구체적으로 말하자면 나의 이종사촌 형이다. 나보다는 대략 열 살 정도 위로 청계천에서 장사를 하며 평생을 살았다.

옛날 청계천 헌 책방에 책을 사러 갈 때, 나는 으레 형님의 가게에 들러 잠시 이야기를 나누곤 했다. 가게는 겨우 서너 평 정도밖에 안 되어 내게 앉을 자리를 권하기 위해서는 형님과 형수님 두 분 중 한 분은 일어서야 했다. 추리닝 같은 것을 팔기도 하고 잠바 같은 것을 팔기도 했는데 품목은 자주 바뀌었지만 대체로 영세한 공장에서 만든 값싼 의류였다. 가게는 늘 매캐한 포르말린 냄새에 절어 있었다. 아침에는 지방에서 올라오는 소매상들을 상대하느라 캄캄한 꼭두새벽에 문을 열어야 했다. 험하고 고생은 되었지만 경기가 좋으면 고생한 만큼 돈을 벌기도 하는 것이 청계천의 장사였다.

언젠가도 헌 책을 사러갔다가 가게에 들러 윤동이 형과 무슨 이야기를 나누는 중에 어쩌다 화제가 전태일에 미치게 되었다. 그때 윤동이 형이 갑자기 정색을 하더니 "전태일이 그놈, 여기 청계천 바닥에서 장사하는 사람치고 그놈 욕 안 하는 사람이 없어" 하며 뜻밖에 전태일을 비난하기 시작했다. 세월이 오래되어 그 내용을 다 기억할 수는 없다. 대충 요지는 전태일이 무슨 대단한 노동투사처럼 떠받들어지는 것은 가당치 않다는 것이었다. 그는 가뜩이나 어려운 청계천 바닥을 더 어렵게 만들었을 뿐 아니라 거기서 장사하는 사람들을 모두 노동자들 피나 빨아먹는 악덕업자로 만들었다는 취지였다.

그날 우연히 전태일에 대해 이야기를 나눈 것은 이후 내게 풀리지 않는 화두로 남게 되었다. 전태일의 글과 행적이 나의 마음에 지울 수 없는 파문을 형성하였다면 윤동이 형의 말은 그 옆에 또 하나의 파문을 그려 준 것이다. 두 파문은 번지면서 서로 겹쳐지고 서로 방해가 되었다. 왜냐하면 전태일 못지않게 윤동이 형도 나의 세상 체험 중 어떤 특정 영역에 걸쳐서 깊은 영향을 미치고 있었기 때문이다.

윤동이 형을 처음 만난 것은 내가 중학교 3학년 때였다. 서울에 수학여행을 가게 되었을 때 어머니는 서울에 가면 네가 한 번도 보지 못한 이모가 있으니 시간이 되면 만나 인사를 드리라고 했다. 그래서 만나게 된 이모와 이종형은 당시 동대문 바로 옆의 좁은 골목 안에서 조그만 의류 가게를 하고 있었다. 아직 종로 5가로 옮기기 전이었다. 콧구멍만한 가게 안쪽에 방 한 칸이 달려 있었고 그 단칸방에 이모와 형님 내외, 어린 두 딸이 같이 살고 있었다. 밤에 잘 때 이모는 그 방에서 가게 천정 위로 공간을 내어 억지로 튼 다락 위에서 주무셨다.

나는 주름살만 조금 더 많다 뿐 어머니와 똑같이 생긴 분이 이 세상에 또 한 분 계시다는 것을 신기해할 겨를도 없이 이모님이 좁고 캄캄한 다락에서 주무신다는 것이 충격이었다. 그러나 그런 생활도 이모네가 천신만고 끝에 그나마 엉덩이라도 붙일 터전을 마련한 결과라는 사실을 안 것은 좀 더 지나서였다.

이모는 일제의 수탈이 한창이던 때, 결혼한 남편을 따라 만주로 떠났다. 국내에 남아 굶어 죽는 것보다는 불확실하지만 미래를 찾아 떠나는 것이 그나마 희망이던 시절이었다. 그러나 만주에 도착하여 첫 아들을 낳고 나서 남편은 병으로 죽고 말았다. 이역만리 타방에서 혈혈단신 여자가 젖먹이 하나를 키우며 어떻게 살았는지는 나도 모른다. 어머니의 말씀에 의하면 이모는 한때 아편장사도 하였다고 한다. 만주가 온통 아편에 절어 아편이 담배보다 흔하던 때였다. 그리고 어떻게 다시 국경을 넘어 서울로 오게 되었는지 서울에 와서 무엇으로 호구지책을 삼았는지 역시 모른다. 어쩌면 알 필요도 없을 것이다. 어차피 그때 민족 대다수의 삶은 삶과 죽음의 경계선을 따라 다들 속수무책으로 떠밀려 가고 있었으니까.

윤동이 형은 간신히 초등학교를 마쳤지만 중학교에 진학할 수가 없었다. 형은 그것을 두고두고 한스러워했다. 공부라도 못했으면 몰라도 6학년 때 반에서 늘 1~2등을 다투었다니 가난이 왜 원망스럽지 않았겠는가! 대략 열서너 살이었을 텐데 중학교에 가지 못한 윤동이 형은 그때 무엇을 하였을까? 나는 물어보지 못하였고 형도 말해 준 적이 없다. 어쩌면 어린 윤동군도 전태일군과 마찬가지로 청계천 바닥에서 시다로 미싱보조로 환기조차 제대로 되지 않는 다락방 공장에서 휴일도 없이 일했을지 모른다.

내게 있어서는 전태일이나 김윤동이나 다 같이 내 의식에 박혀 나를 자극하고 부끄럽게 하는 가시였다. 그런데 왜 사람 좋은 윤동이 형은 전태일을 그렇게 미워할까? 오랫동안 그것은 혼란스러운 대로 방치되어 있었다. 전태일의 죽음이 있던 1970년, 형님은 삼십대 초반의 나이로 늙은 어머니와 처 그리고 세 명 정도로 불어난 아이들을 포함하여 6인 가정의 생계를 꾸려 가야 하는 젊은 가장이었을 것이다. 그는 한 방에 여섯 명이 사는 악몽과도 같은 현실에서 벗어나기 위해 어쩌면 자신도 다락방 공장을 경영하며 어린 소년 소녀들을 가혹하게 부렸는지도 모른다.

전태일과 김윤동. 나는 이제 그들의 관계를 더 이상 정리하지 않으려 한다. 한 사람은 죽어 어언 40년이 지났고 한 사람은 살아 일흔이 넘은 노인이 되었다. 물론 한 사람은 그 죽음을 통해 무수한 사람들에게 잊을 수 없는 울림을 남겼다. 조영래, 문익환, 안병무 같은 굵직한 정신들이 그 울림 속에서 태어났고 돈으로 뒤범벅이 된 이 세상을 그래도 완전히 썩어 문드러지지 않게 하는 데에 그가 보내는 울림은 지금도 소금 알갱이처럼 박혀 반짝이고 있다.

윤동이 형은 결코 그렇지는 못했다. 교통사고로 돌아가시기는 하였지만 만년의 이모가 번듯한 옥양목 치마저고리를 입고 서러운 초년고생의 한을 다소라도 푸는 데에 기여하였을 뿐이다. 아랫도리를 발가벗은 채로 동대문 옆 더러운 골목길 진창을 맨발로 아장거리던 어린 계집아이들도 자라 그 중 한 녀석은 인기 있는 방송작가가 되었다. 그 역시 이모의 경우와 마찬가지로 육친에 미친 윤동이 형의 작은 울림의 결과일 것이다.

그 점에서 전태일과 김윤동은 분명히 다르다. 그것을 부인하는 것은 부질없는 일일 것이다. 그러나 같은 시대, 고만고만한 분위기 속에서 평화시장의 서럽고 배고프고 비인간적인 환경 속에서 소외된 삶을 살았다는 이 동질성은 여전히 남는다. 언젠가부터 나는 그 동질성이 그들의 서로 다름을 훼손하지 않으면서도 모든 것—나의 풀리지 않는 화두를 포함하여—을 점점 하나로 휘덮어 가는 것을 느낀다.

줌아웃(Zoom out), 어쩌면 그렇게 설명하는 것이 바뀌어 가는 나의 인식에 가장 유사할 것 같다. 그리고 왜 많은 영화감독들이 그들 영화의 가슴 저미는 마지막 장면을 구태여 줌아웃으로 처리하는지 이해가 될 듯도 하다. 화면 속 수많은 정경들이 하나의 소실점을 향해 까마득히 멀어지면서 이제 전태일과 김윤동은 하나의 점처럼 보인다. 흑백으로 낡아 가는 1970년대와 함께. 이제 아무도 주목해 주지 않는 그 시대의 설움과 함께.

일탈

예비사단에 처음 입영하던 날. 머리를 박박 깎은 우리는 사단 정문 바로 안 공터에 줄을 맞추어 쪼그리고 앉았다. 철조망 밖에서는 부모형제나 친구들이 안타까운 눈빛으로 쳐다보고 있었다. 조교들이 존댓말로 "자, 이제 그만 들어갑시다" 하고 우리들을 일으켜 세운 다음 점잖게 구령을 붙여 가며 데리고 갔다. 길이 기역자로 꼬부라지는 곳, 거기서부터는 철조망 밖 가족들의 시선에서 벗어나게 된다. 대열이 그 길목을 돌아서자마자 "이 새끼들, 여기에 구경 왔어?" 하는 소리와 함께 뒤에서 어슬렁거리던 두어 명에게 발길질이 날아왔다. 오리걸음을 하며 우리는 조교의 선창에 따라 일제히 "내가 왜 이럴까"를 외쳐 대기 시작했다.

그렇게 시작된 신병교육은 스스로의 처지를 돌아볼 겨를조

차 주지 않았다. 아침에 눈을 뜨는 순간이 가장 괴로웠다. 의자와 익숙한 책꽂이 앞에서가 아닌, 낯선 관물대와 겁에 질린 표정의 신병들 가운데에서 눈을 뜬다는 사실이 오랫동안 잘 받아들여지지 않았다.

탈영자가 생긴 것은 입영 후 열흘 정도가 지나서였을 것이다. 내무반장이 개새끼를 연발하며 정신없이 왔다 갔다 할 때에도 나는 무슨 일이 일어났는지 모르고 있었다. 나중에야 우리 소대의 훈련병 한 명이 탈영하였다는 것을 누가 귀띔해 주었다. 나와 같은 편 침상의 중앙 조금 오른쪽에 있던 친구였다. 나는 왼쪽 끝에 있었기 때문에 그의 얼굴을 볼 기회가 별로 없었다. 조그마한 체구에 말수가 적었다고 했다. 밤 3~4시 경에 내무반을 빠져나갔고 막사에서 가까운 야산 등성이의 담장을 넘어 탈영한 것으로 추정되었다.

그가 빠져나간 빈 관물대를 보는 것은 섬뜩한 느낌을 주었다. 내가 잠든 사이, 너댓 사람 건너편에서 그는 몰래 일어났을 것이다. 그리고 주위를 살핀 다음 불침번이 조는 틈을 타서 문을 열고 야산의 어둠 속으로 사라졌을 것이다.

우리 모두에게 있어서 탈영은 언감생심이었다. 물론 자유롭게 선택하라고 한다면 막사에 남아 있을 사람은 아무도 없었을 것이다. 그래도 우리는 좌로 구르라면 좌로 구르고 우로 구르라면 우로 굴러 가며 그곳에 남아 있었다. 주어진 질서가 무서워서든 국방의 의무가 신성하여서든 간에 우리는 남아 있는데 그는 달아난 것이다. 탈영을 결심한 그의 마음이 종내 헤아려지지 않았다. 달아난 그는 지금 어디에서 무엇을 하고 있을까?

그 의문은 오래가지 않았다. 그 무덥던 여름이 다 가고 교육도 막바지에 이른 어느 날, 그는 비참하게 묶인 모습으로 우리 앞에 다시 나타났다. 포승에 묶인 인간을 본 것은 그때가 처음이었다. 짐승과 다를 바가 없었다. 포승은 그의 팔을 감고 몸통을 감은 다음 다시 양손을 뒷짐 지어 묶어 놓았다. 구워 놓은 듯한 새까만 몰골 때문에 우리는 고개를 떨군 그의 얼굴에서 표정을 읽어 낼 수 없었다. '전시'가 끝나자 그는 두 명의 헌병에게 끌려 다시 사단 본부가 있는 언덕길 쪽으로 비칠비칠 사라졌다.

세월이 가고 그 탈영 사건은 나의 뇌리에 특별한 기억으로 남았다. 아마 점점 상징적인 의미를 가지게 되었다고 해야 할 것 같다. 상징으로서의 그것은 모든 일탈逸脫의 가장 강렬하고 극적인 모습이었다. 체제의 한 부분이 고스란히 증발해 버린다는 것은 체제에 대한 그 어떤 도전이나 저항보다 훨씬 극적인 데가 있다. 저항은 체제의 내용과 싸우면서도 체제의 존재는 시인하지만 증발은 체재의 존재 자체를 무시하기 때문이다.

신창원의 탈주사건이 발생하였을 때 국민들이 보인 반응을 그래서 나는 재빨리 이해할 수 있었다. 그 반응을 곤혹스럽게 보는 시각이야말로 우스꽝스러운 것이었다. 신창원이 저지른 원래의 범죄가 얼마나 흉악한 것이었는지를 알려 주어서 국민들의 바른 인식을 유도하려 한 일각의 시도는 전적으로 무력했다. 그가 어떤 범죄를 저질렀는지 국민들은 관심이 없었다. 그의 탈주는 이미 하나의 사건을 넘어 상징이나 극劇이 되어 버렸기 때문이다.

일탈의 극단적인 양상으로서 탈주는 극이 될 여러 소지를 지니고 있다. 그것은 모든 인간의 존재 안에 깃든 절대적 자유에의 꿈을 충동한다. 그 꿈을 충동하는 한, 탈주가 가진 구체적인 결함이나 불합리성은 별로 문제가 되지 않는다. 그 점에서 영화 〈빠삐용〉은 탈주 영화의 전범이라 할 수 있다. 그것은 우리 속에 잠든 자유에의 꿈을 자극하는, 극으로서의 모든 것을 갖추고 있다. 영화는 〈빠삐용〉이 절해고도에서 탈출하는 것으로 끝난다. 약간의 후일담은 자막인가 내레이션으로 처리되었던 것 같다. 실화로 돌아가면 빠삐용은 탈출하여 베네수엘라에 정착한 다음 광산 노동자, 직업 노름꾼, 은행털이, 요리사, 전당포털이 등 밑바닥 인생을 살았을 뿐이다. 영화는 거기까지는 취급하지 않는다. 취급할 필요도 없고 취급해 보아야 극을 훼손할 뿐이다. 영화 〈쇼생크 탈출〉이 태작에 그친 것도 바로 그 때문이다. 탈주 이후의 문제까지 불필요하게 보여 줌으로써 우리 속에 깃든 자유에의 꿈을 세속화시켜 버린 것이 결정적인 잘못이었다. 추구되는 동안 자유는 살아 있는 무엇이지만 실현된 자유는 이미 자유의 속성을 배신하기 때문이다.

이 문제는 모든 일탈 행위의 성격 규정에 이어진다. 극의 구조 안에 들어 온 일탈행위는 한 단계 더 높은 차원에서 우리가 처한 상황의 의미를 반조해 준다. 반조된 상황은 우리를 여전히 조건 짓는 것이면서도 우리로 하여금 그 조건을 넘어설 수 있게 해준다. 이 점이 중요하다. 군 복무기간 내내 그의 탈영은 나의 복무 내용에 작용하고 있었다. 영화 〈빠삐용〉은 그 영화를 본 사람들의 삶의 내용에 작용한다. 그것은 명백히 자유의 작용이다. 우리가 우리의 삶을 대하는 방식은 본질적으로 극적劇的이다. 극은 결코 유한有閑행위가 아니다. 즉자체로서의 삶은 극이 아닌지도 모르지만 인간은 삶을 극으로 대한다.

극 이전의 실제에 있어서 그 탈영병은 불행했을 뿐이다. 담을 넘어간 그는 결국 비참하게 묶인 모습으로 돌아왔다. 빠삐용은 단지 광산 노동자나 은행털이가 되었을 뿐이다. 신창원도 붙잡혀 더 긴 복역을 하고 있다. 실제란 그렇게 끝없이 이어지지만 그 실제를 인식하는 인간의 극적 사유구조는 거기에 단락을 설정하고 그 단락에서 극적 의미를 건져 올린다.

범죄자나 끝없이 인생을 전전轉轉하는 사람이나 인식능력이 단순한 청소년들은 삶과 인식의 이러한 관계원리를 잘 이해하지 못하는 경우가 많다. 사회의 정해진 규범을 파괴하는 범죄행위—매우 우회적인 의미부여에 의한 것이지만—에 자유의 작용이 개재해 있다는 것은 부인하기 어려울 것이다. 주어진 현상에 만족하지 못하여 삶을 전전하는 사람에게 있어서도 그 변화의 단층에는 역시 자유가 작용하고 있다. 청소년들이 간섭과 몰이해와 통제를 벗어나기 위해 흔히 선택하는 가출에 있어도 마찬가지다. 그 모든 경우에 있어서 실제와 인식은 서로 조화하지 못하고 충돌한다. 현실은 자유를 받아들이지 못하고 일탈을 부추긴다. 일탈을 통하여 자유는 현실에 폭력적으로 작용하며 현실을 제거하려 한다. 그 결과가 자유냐 하면 대부분 그렇지 못하다. 이를테면 억압적 현실에서 벗어나기 위해 가출을 선택한 아이들은 메마르고 황량한 길거리에서 오갈 곳 없는 새 현실을 맞게 되는 것이다. 그 탈영병이나 빠삐용이나 신창원이 다 마찬가지였다.

현실은 자유와 조화하여야 하고 자유는 현실과 조화하여야 한다. 삼류 철학의 명제처럼 들리지만 생각하면 그것은 피할 수 없는 결론이다. 자유와 조화된 현실은 명분을 지니고 도그마가 되지 않는다. 그리고 인내할 줄 안다. 당연히 자유와 조화되지 않은 현실은 도그마가 되기 쉽고 명분 없이 군림한다. 인내하지도 않고 충동적이며 자기파괴적이다.

현실과 조화된 자유는 현실의 모습 뒤에 자신을 숨길 줄 안다. 숨어 있는 자유는 그래서 현실을 부드럽게 만들고 어느 정도 투명하게 만든다. 그러나 현실과 조화되지 못한 자유는 스스로를 드러내기 위해 불투명한 현실에 결극을 내고 뛰쳐나간다. 그런 과정에서 자유는 팽팽한 자의식을 갖기도 하지만 스스로가 파괴한 현실이 무너지면 그 자신도 무력하게 소산되고 마는 것이 보통이다.

인간이 땅에 발을 붙이고 사는 한, 그리고 육肉의 조건에서 벗어날 수 없는 한, 인간은 일탈의 꿈에서도 벗어날 수 없다. 그러나 그 꿈은 마치 의원이 떨리는 손으로 미세하게 그 양을 조절하는 극약劇藥과도 같은 것이다. 일탈뿐만 아니라 일탈의 본질을 이루는 자유 자체가 그러하다. 그것은 고귀하고 소중한 것이지만 동시에 매우 위험한 것이기도 하다. 생과 사의 길이 그 안에 함께 가로놓여 있고 한 치만 어긋나도 그 길은 뒤바뀌고 말기 때문이다. 인생을 산다는 것은 바로 그 극약의 처방을 터득하는 일이고 그것이 인간의 존엄과 아름다움에로 차질 없이 연결되어 있다는, 저 가물가물한 세로細路를 찾아가는 일이다.

그 길에 제대로 접어드는 사람이 적다 하더라도 그 길은 소수만의 길이 아닌 만인의 길이다. 그 탈영병도 빠삐용도 신창원도 모두 그 길과 연관된 지대의 가시덤불을 밟고 지나갔던 사람들이다. 그리고 우리 역시 그 지대의 어느 곳에서 지금도 쉼 없이 서성이고 있다.

100억 원이 생긴다면

"아빠, 아빠가 만약 로또복권에 당첨되어 100억 원을 받게 되었다고 한다면 그 돈을 어떻게 쓸 거야?"

아직도 나를 아빠라고 부르며 어린아이처럼 존댓말도 쓰지 않는 이 녀석은 올해 스물여섯이나 되는 철부지한 우리 아들놈이다. 우물쭈물하는 나에게 아이놈은 정말로 당첨되었다고 가정하고 실제로 쓸 용도를 말해 보란다.

"퇴직 후 목공작업 할 공작소 겸 아틀리에를 하나 사겠다."

말은 했지만 아직은 막연한 희망사항이다.

"그거 하는 데 돈이 얼마나 들어?"

"서울에서 너무 멀지 않은 곳에 100평 정도의 공간을 마련하자면 못해도 4억 정도는 들 거다."

"그럼 나머지 96억은?"

취조하듯 물어 댄다. 이번에는 잠시 생각을 가다듬어 좀 신중히 답변했다.

"알다시피 너희 고모가 어렵게 살고 있지 않느냐. 너무 많이 주는 것이 반드시 좋은 것은 아니니까 한 3억 정도를 주고 싶다."

"93억 남았어. 그 다음은?"

"혜정이 이모에게 한 3억 정도 줄까?"

혜정이 이모는 이모가 아니라 아내의 단짝 친구다. 결혼에 실패를 하여 딸아이 하나와 둘이서 어렵게 사는데 아이놈도 그 집 사정은 잘 안다. 생선을 차에 싣고 다니며 팔아서 사는데 가끔 아내와 만나더라도 아파트 입구에서만 만나지 절대 우리 집에 들어오지 않는다. 생선냄새 때문이란다. 그래서 그녀를 본 지도 꽤 오래되었다.

"또 그 다음."

"요한이에게도 3억 주겠다."

요한이도 아이가 잘 안다. 고아원 출신인데 중학교 다닐 때부터 후원을 했다. 세 살 때 길에서 울고 있는 것을 경찰관이 발견하여 고아원에 데려온 아이다. 후원한 지 3년째 되던 해인 고등학교 2학년 때 다행히 가족을 찾았는데 이미 아버지는 죽고 어머니는 개가를 한 상태였다. 공장에 다니는 두 살 위 누나는 아이를 데려갈 형편이 못 되었다. 그래서 고등학교를 졸업할 때까지 그대로 고아원에 있어야 했다. 지금은 스물다섯 살로 PVC 공장에 다니고 있다.

"아직도 87억이 남았어."

이번에는 정말로 길게 뜸을 들이다가 빙긋이 웃으며 말했다.

"솔직히 네 녀석이 워낙 부실해서 살다가 어떤 어려운 처지에 봉착할지 모르기 때문에 너 몰래 5억 정도를 어디에 꼬불쳐 두었다가 네가 힘들게 되면 쓰겠다."

"이제 82억 남았어."

아내도 뜨개질을 하며 내 말에 귀를 기울이는 눈치였지만 이제 더는 생각나는 것이 없었다.

"나로서는 그 정도만 쓰면 더 이상은 필요가 없다. 남은 돈은 적당한 기부처를 찾아서 기부를 하겠다."

취조도 끝나고 나의 돈쓰기도 끝났다. 아이놈은 나의 답변에 대한 분석을 시작했다. 이야기인즉슨 이 가상 질문에 답하는 것을 보면 그 사람의 성격과 세계관, 인생관 등이 드러난다는 것이다. 그러면서 나더러 매우 자기중심적인 사람이라는데 이유는, 첫 번째 용처로 자기 자신과 직접 관련된 사항을 언급했기 때문이란다. 몇 가지 분석이 더 이어졌지만 지금은 다 기억할 수가 없다.

그 후 나는 아이놈과의 이 엉뚱했던 대화를 종종 돌이켜 본다. 대체적으로 나는 나의 답변이 만족스럽다. 묻는 말에 아무 생각 없이 답변을 한 것 같은데 나중에는 거기에 그럴듯한 논리와 이치가 반영된 것 같은 느낌마저 든다. 자기중심적이라는 말이 긍정적인 뜻인지 부정적인 뜻인지는 잘 모르겠지만 나의 신변에 직접 관련된 답변을 한 것도 괜찮았다고 본다. 사람이라는 것이 누구나 자기 자신을 중심으로 원근법적으로 매사를 고려하기 마련이고 그것은 자연스런 것이다. 특히 그 내용이 대단한 것도 아니고 그저 나의 취미와 관련한 것이니 크게 문제될 것이 없지 않나 한다. 오히려 그것이 우선되어 있어서 그 뒤에 제시된 세 건의 다른 사람 돕기가 더 자연스럽게 제시된 느낌도 든다.

여동생과 아내의 친구 그리고 요한이는 내 삶에 있어서 늘 신경통이나 동통疼痛 같은 역할을 한다. 그것은 아픔이지만 한편으로는 그런 아픔이 있기에 내가 내 삶을 조금이라도 더 건전하게 유지한다는 엉뚱하고 외람된 해석도 해보고 있다. 그동안 여동생과 아내의 친구에 대해서는 실제 크다면 크고 작다면 작은 도움을 준 적도 있었다. 그러나 요한이에게만은 아직까지 겨우 푼돈만을 주어 온 것이 전부라 늘 마음에 걸렸던 것이 사실이다. 그런 마음이 나의 가상 돈 쓰기에나마 담겼으니 그 정도면 만족스럽지 않은가.

그러나 그보다 더 잘 되었다고 생각하는 것이 나의 마지막 돈 쓰기, 즉 아이놈의 장래를 대비해서 5억 정도를 비축해 놓겠다고 한 것이다. 이 말을 할 때는 분명히 아이놈의 비위를 맞추겠다는 얄팍한 계산도 있었다. 물론 실제 그런 염려가 강하게 뒷받침된 것은 말할 나위도 없다. 다들 자식 사랑이라고 말은 하지만 자식에 대한 아비의 사랑은 아무래도 염려 쪽에 치우쳐 있는 것 같다. 저것이 밥이라도 먹고살 것인지, 제 앞가림은 하고 살 것인지 하는 것이다. 옛날 나에 대한 아버지의 사랑도 대략 그런 염려였다. 그리고 그 정도로 설정된 자식 사랑은 필요하고 또 건전한 것이라 생각한다.

얼마 전 나는 〈간디, 나의 아버지〉라는 영화에서 간디와 그의 아들과의 불행한 관계를 매우 마음 아프게 본 적이 있다. 아버지에 대한 원망을 마음에 품고 행려병자로 떠돌다 거적더기를 쓰고 비참하게 죽어 간 간디의 아들은 아버지 간디의 지나친 고결성, 자식도 민족이나 인류보다 앞세울 수 없었던 지나친 객관성의 희생자였다. 그런 것에 비하면 거저 생긴 100억 중에서 5억 정도를 자식을 위해 쓰겠다는 것쯤이야 얼마나 인간적인가? 그러면서도 그 순위는 더 어려운 처지에 놓인 주변인들보다 더 나중이고 또 그런가 하면 금액은 더 많다. 무심히 내놓은 답변치고는 매우 치밀하게 계산된 것처럼 보이고 실제 무의식 속에서 그런 계산을 거쳤는지도 모르는 일이다.

처음에는 거기까지만 생각했는데 나중에 생각하니 나는 83억이나 되는 돈을 이 사회에 기부를 한 것이다. 다만 나는 그 돈을 기부금이라 생각하지 않고 쓰고 남은 돈이라고만 생각했다.

그것은 기부에 적극적인 뜻이 담겨 있지 않았다는 의미다. 좋게 생각한다면 그것은 나의 무욕을 의미할 수도 있다. 나는 개인적으로 미국의 전통으로 확립되어 있는 저 기부문화를 별로 대수롭지 않게 생각하는 편이다. 그것은 기부가 미국의 더 큰 전통으로 확립되어 있는 탐욕적인 돈벌이의 부산물 같은 것이라 생각하기 때문이다. 그래서 기부를 하기로 했지만 실제 의미는 그냥 더 이상 쓸 용도가 없는 돈의 처분 정도였고 그것이 더 마음에 든다. 물론 거기에는 기부된 돈이 적절한 용처를 얻어 선하게 쓰이기를 기대하는 평범한 마음 정도는 있었을 것이다.

아이와의 엉뚱한 대화가 나름대로 재미난 여운을 남기자 나는 어느 술자리에서 아이에게 배운 그 질문을 다른 사람들에게 해본 적이 있다. 그랬더니 그 자리에 참석한 사람들 중 두 사람이 거의 똑 같은 대답을 하는 것을 보고 무척 놀랐다. 그들의 대답은 내가 했던 대답과는 크게 달랐다. 그들은 그 100억 원으로 재단법인을 설립하여 장학사업 같은 사회사업을 하겠다는 것이었다. 이 애매모호한 용도를 나는 어떻게 평가해야 할지 지금도 모르겠다. 애매하다는 것은 도대체 그 돈이 쓴 것인지 쓰지 않은 것인지 분명치 않고 자기 손을 떠난 것인지 떠나지 않은 것인지도 분명치 않기 때문이다. 아이놈에게 말해서 평가를 들어 봐야지 생각하였지만 매번 잊어버려 아직까지도 물어보지 못하고 있다.

학력의 위계질서 속에서

'무식하다'는 말이 사오십 년 전의 우리 사회에서 가지던 생생한 울림을 아마 요즈음 젊은이들은 좀처럼 짐작하지 못할 것이다. 그러나 맹구 역할로 널리 알려진 코미디언 이창훈이 구긴 표정으로 "무~식한 놈"이라고 하던 말을 기억하는 사람들은 많을 것이다. 코미디여서 그랬지 보통은 구태여 그렇게 경멸을 드러내어 가며 말하지도 않았다. 오히려 당사자에게 들리지 않게 조그만 소리로 "무식한 사람이니 맞상대하지 마" 하는 정도로 통용되고 있었다.

사오십 년 전의 사회환경에서 이 말은 매우 서러운 말이었다. 국민의 절대 다수가 그런 부류에 속해 있던 시절이었다. 물론 그들 대부분은 비슷한 처지의 사람들과 어울려 살며 스스로의 처지를 잊기도 했다. 그러나 일부는 그렇지 않았다. 그들은 유식한 소수를 중심으로 전개되는 엄청난 변혁의 힘이 자신을 포함한 대다수 민중들을 속수무책으로 소외시키던 시대의 구도를 생래적 감각으로 포착하고 있었다. 무식하다는 말은 바로 그들에게 있어서 치명적인 아픔이었다.

그 이면에서 소위 식자층이 얻게 된 사회적 위상은 괄목할 만한 것이었다. 초대 대통령 이승만은 대통령이라는 부러울 것 없는 지위에 있었음에도 불구하고 종종 '박사'라는 호칭으로 불리곤 했다. 무지한 백성들에게 박사는 대통령보다 더 고상한 의미로 다가왔던 것이다. 동경제대니 와세다대니 하는 것들이 가진 어마어마한 권위와 광휘는 이제 하버드니 스탠퍼드니 예일이니 하는 미국 중심의 대학들로 이어졌다. 세월이 흘러 다소 양상이 바뀌었다고는 하나 아직도 이들 명문대의 박사학위는 출세와 영달로 가는 최고의 지름길이다.

최근 사회적 지명도가 만만찮은 몇몇 인사들의 허위학력 문제로 학력에 관한 우리 사회의 병폐가 다시 한번 조명을 받게 되었다. 대부분의 결론은 그들의 개인적인 거짓도 잘못이기는 하나 궁극적으로는 우리 사회가 안고 있는 맹목적인 '학력주의'가 시정되지 않으면 안 된다는 것이었다.

나 역시 이 일반적인 결론에 동의한다. 그러나 만약 궁극적으로 학력주의가 문제라면 그러한 학력의 위계질서에 적극적 혹은 소극적으로 연루된 우리 모두의 관점과 의식이 더 솔직하게 추궁되었어야 했다.

주위를 둘러보자. 훨씬 많은 사람들이 명문대 총장들의 화려한 사인이 박힌 진짜 학위증을 당당하게 제시하고 바로 그 질서 위를 멋지게 순항하였다. 그들은 모든 경우에 걸쳐 존중되었고 권위를 인정받았고 그리고 겸손하게도 생색 하나 내지 않고 조용히 인간적 사회적 편익을 구가해 왔다. 그러나 그들이 누린 모든 편익은 사오십 년 전의 저 막막하던 까막눈들이며 지금도 널부러진 저 숱한 가방끈 짧은 사람들의 설움과 모멸감을 딛고 그 위에 조성된 것이다.

만약 그 학력의 위계질서가 정당한 질서라면 문제될 것이 없을 것이다. 그러나 그것이 정당한 질서인가? 그들이 더 지혜로웠던가? 그들이 삶의 진실에 더 근접해 있는가? 그들은 과연 그들을 위해 스스로를 희생시킨, 배우지 못한 그들의 부모세대들보다 더 높은 진정성을 가지고 있는가? 우리가 한 발짝만 더 나아가 모든 것의 근본을 되묻는다면 확실한 것이라고는 아무것도 없다는 사실을 깨달을 것이다. 확실한 것은 단지 그들이 이서세동점西勢東漸의 도도한 세월에 더 발 빠르게 적응할 수 있었다는 사실밖에는 없어 보인다.

몇몇 유명 인사들이 잊을 만하면 한번씩 부당하게 편승하였다고 지탄받는 저 학력의 위계질서에는 기실 우리 모두가 동승해 왔고 그 점에서 학력주의는 '세계 속의 한국'을 만들어 보겠다고 허둥대는 우리 시대의 허욕과 맹목과 몰주체를 전형적으로 반영하고 있다. 이 문제는 결국 허위학력 문제로 광장 한복판으로 끌려 나와 고개를 떨구고 있는 그들에게 첫 번째 돌을 던질 자는 아무도 없다는 공범의식을 토대로 원점에서부터 다시 시작될 필요가 있다고 나는 생각한다.

김민기도 한물갔어

김민기는 나와 동갑이다. 개인적으로 아는 사이도 아니고 그를 본 적도 없지만 그는 내 성장과정에 멀찍이서나마 늘 함께 하였다. 그가 수상한 노래를 작곡했다가 중앙정보부에 잡혀 가서 치도곤을 당했을 때, 그의 노래가 금지곡이 되었을 때, 나도 비쩍 마른 몸에 장발머리를 하고 어설프게 통기타를 뜯던 젊은이였다.

얼마 전 그가 연출한 〈지하철1호선〉을 보았다. 1994년에 첫 공연이 있었다니 볼 만한 사람들은 다 본 시점에서 지연관람한 것이다. 주무대는 지하철1호선과 청량리역 그리고 서울역 부근이었다. 연변에서 온 처녀, 588의 창녀, 가짜 운동권 학생 등등이 나오는데 그 중 연변 처녀는 거의 시점視點으로서만 등장하고 있었다. 연극 가운데에 "야, 이젠 김민기 뭐 그런 애들도 한물갔어" 하는 대사가 나와 관객들이 와르르 웃었다. 10년이나 지난 작품이라 과연 80년대 운동권의 여운 속에서라면 절실했겠지만 그 기단이 다 풀어진 오늘의 분위기에서는 확실히 좀 낡은 측면이 있었다. 낡았다는 것은 그만큼 순수하다는 말도 된다. 아무것도 그려지지 않은 하얀 백지 같은 연변 처녀의 심성이라든가 작품이 추구하는 가치관의 핵심에 놓여 있던 창녀 '걸레'의 순정, 이런 설정이 그만큼 순수하고 또 그만큼 낡은 것이다.

김민기의 연극은 〈개똥이〉와 이번 〈지하철1호선〉 두 편을 보았을 뿐이다. 두 편 모두에서 좀 산만하다는 느낌을 받았다. 산만하다는 것은 주제를 끌고 가는 일관된 힘이 약하다는 것을 뜻한다. 주제와 느슨하게 관련된 소주제와 장면들이 주제를 강화시키기보다 이완시키는 역할을 하고 있었기 때문이다. 이를테면 〈개똥이〉에서는 멸시받던 개똥벌레가 반딧불이가 되는 과정에 작품성의 초점이 있다. 이 주제는 미운 오리새끼 등에서 흔히 보던 유서 깊은 주제지만 항상 새롭게 감동을 주는 무언가가 있다. 그런데 이 극에서 김민기는 환경문제를 집요하게 개입시켰다. 이런 주변적인 소주제와 장면들이 극 전체의 집중도를 분산시키고 이완시키는 것을 이번 〈지하철1호선〉에서 다시 확인하였다. 그것은 좀 어수선한 느낌으로 남았다. 그래도 김민기는 좋은 연극인이고 한 시대의 진실을 그 이름과 함께 훼손되지 않게 유지하고 있는 몇 안 되는 인물 중의 하나라는 생각에는 조금도 변함이 없다.

가끔 가는 식당이 하나 있다. 여느 식당보다는 값이 조금 비싸기 때문에 자주 가지는 않았지만 그래도 한 달에 두어 번은 꼭 들르는 곳이다. 이 식당 이층에 잔심부름을 하는 여종업원이 하나 있었는데 하는 일이 무척 서툴렀다. 뭘 물어보면 질문 의도도 잘 몰라 눈만 크게 뜨고 그저 웃는 것으로 때우려 드는 이상한 아이였다. 나중에 주인 아주머니에게 물어보니 연변에서 왔다고 했다. 하도 순진하고 뭘 몰라 식당에서 일하는 사람들이 그 아이 때문에 하루 종일 배꼽을 잡고 웃는다고 했다. 키는 멀대처럼 크고 피부는 너무 희고 깨끗해서 우리는 저 연변 처녀가 이곳에서 태어나 자랐다면 모델을 했어도 했을 것이라고 수군대기도 했다.

그 후 한동안 그 식당에 갈 기회가 없었다. 들르지 않고 있던 중에 소문이 들려 왔다. 그 식당 바로 인근에 주인 아주머니의 동생이 영업을 하고 있는 가요주점이 있는데 그 가요주점에 바로 그 연변 아가씨가 저녁에 일을 하러 나온다는 것이었다. 나중에 식당에 들른 기회에 나는 주인 아주머니에게 왜 그 아이를 거기로 보냈느냐며 항의 비슷하게 물어보았더니 보낸 것이 아니고 각자가 알아서 식당 일도 하고 용돈이 필요하면 거기서 일도 거들고 하는 것이라고 얼버무렸다.

며칠 전 바로 그 가요주점에 들렀다. 제법 많은 인원과 함께 갔는데 오랜만에 그 아이를 거기서 만났다. 조금 살이 찐 듯 더 토실토실해 보였다. 나를 보고 아는 체를 했다. 나도 그동안 잘 있었느냐고 인사를 건넸다. 나는 별로 놀고 싶은 생각이 없어 자리에 앉아 혼자 맥주잔을 기울이며 일행이 정신없이 어울려 노는 것을 바라보고만 있었다. 나중에 그 아이가 하도 팔을 잡아당기며 권하는 바람에 마이크를 잡고 두어 곡을 불렀을 뿐이다. 다음은 그 아이와 다시 테이블로 돌아와 엄청난 굉음 속에서 귀에 대고 고래고래 소리를 질러 가며 힘겹게 나눈 이야기.

"미안하지만 몇 살이지?"

"스물아홉요."

"부모님하고 한국에 같이 나와 산다고 했지? 요즘도 그런가?"

"예."

"어디에 살아?"

"영등포요."

"중국에 있을 때 사귀던 애인은 없었나?"

"…… 있었는데 …… 지금은 절 기다리지도 않을 거예요."

"언제 한국에 왔지?"

"작년 10월에요."

"그럼 아직 1년도 안 되었네? 얼마나 더 있을 건데?"

"최소한 3년이나 5년 정도……."

사귀던 애인에 대해 더 물어보고 싶었지만 굉음 때문에 복잡한 말은 할 수가 없었다. 왜 가요주점에 와서 일하느냐는 말은 설혹 굉음이 없었다 하더라도 물어보지 못했을 것이다. 그녀는 벌써 즐겁다는 듯, 삐쳤다는 듯, 다소 과장되게 표정을 짓는 법을 익힌 듯했다. 젊은 친구 하나와 밟는 블루스 스텝은 그냥 대충 흉내를 내는 수준이었지만 춤동작은 제법 세련되었고 남자와 몸을 밀착시키는 데에 별로 거부감을 드러내지 않고 있었다. 〈지하철1호선〉의 연변 처녀 '선녀'는 애초의 그 백지처럼 순수한 몸과 마음으로 다시 연변으로 돌아가는 것이 마지막 장면이었다. 미안한 이야기지만 나는 이 아이가 그렇게 올 때의 모습으로 돌아갈 것 같지가 않아 마음이 우울해졌다. 연변도 이제 순수성을 대변하던 10년 전의 연변이 아니다. 그런 점에서 김민기도 한물갔다는 그의 자평은 부인할 수 없는 것 같다. 그리고 이런 서푼어치도 안 되는 일에 공연히 마음을 팔고 있는 나도 한물간 것이 틀림없다.

이영유의 시와 삶

시인 이영유가 첫 시집을 선보인 것은 1985년, 그의 나이 서른다섯 살 때였다. 문학과지성사에서 나온 이 첫 시집 『그림자 없는 시대』는 별로 관심을 끌지 못하였다. 그 후 2003년 『검객의 칼끝』까지 20여 년간 그는 모두 네 권의 시집을 더 내었지만 그의 시가 세간의 관심을 끌었다거나 최소한 평단의 특별한 주목을 받은 기미는 나타나지 않았다.

비교적 긴 시작생활에도 불구하고 그의 시가 이렇다 할 공감의 영역을 형성해 내지 못한 것은 그의 시가 스스로 만들어낸 결과였다. 그의 시는 그런 공감의 영역을 만들지 못했을 뿐 아니라 그런 공감을 애써 거부하고 있는 듯한 느낌마저 주고 있다.

수년 전, 그는 나에게 시 선집을 내고 싶으니 시선詩選을 좀 해달라며 그동안 나온 시집을 건네준 적이 있었다. 그 부탁을 받고 시를 고르며 나는 그의 시 중에 높은 형상화를 달성하고 있는 시가 극히 적다는 사실을 절감하였다. 이를테면 아무렇게나 고른 시 하나.

울리고 또 떨리고

그런다

말대답 없으면

간 줄 알라는

제발 부탁드린다는

아무도 없을 때나

너무 많을 때나

오라는 데 없어도 갈 곳은 많고

부르는 데 없어도 찾을 데 많고

하여가

흔들리고 흔들고

뭐라고 그러믄

그냥 돌아오라던

두 번도 보고 세 번도 보다

마냥 죽치는

「거기에는 아무도 가지 않는다」

이런 시에서 독자들은 무엇을 보고 비평가들은 무엇을 읽어낼 것인가. 무언가가 설핏 그려지지만 그것은 전체적인 그림을 보여 주지 않고 토막 난 부분들은 뚜렷한 연관 없이 흩어져 있을 뿐이다. 마치 아무리 해도 꿰어 맞춰지지 않는 퍼즐과도 같다. 이런 시가 한두 편에 그치는 것이 아니라 대부분에 걸쳐 있을 때 독자들은 어지러운 영상만 안고 책을 덮고, 평론가들도 의미구성을 포기한 채 그의 시를 피하게 될 것이다. 나도 역시 그의 시를 읽을 때에 그런 불소통의 느낌을 광범위하게 받았다. 그러나 묘하게도 그의 시집을 덮을 때, 독자는 "터무니없는 시로군" 혹은 "되다만 시로군" 하는 평가를 내리는 것이 아니라 그의 시가 가진 단단한 거절 장치에 부딪혀 속수무책으로 발길을 돌리는 듯한 느낌을 받는다. 무언가가 거기에 있지만 야멸차게 공감을 거부하며 폐쇄적 의미를 저 홀로 되씹고 있는 듯한 느낌이다.

그러나 모든 작품이 다 그러한 것은 아니다. 드물기는 하지만 어느 정도 형상화가 이루어져서 의미추출의 욕구를 작동해 볼 만한 작품이 있고 이는 그의 시가 일부러 형상화를 거부하거나 공감을 무시한 채 지어진 것이 아님을 증명해 주는 것이기도 하다. 소통이 어려운 시들 틈에서 이런 시를 만나면 독자나 비평가들은 우선 반갑기가 그지없다.

어떻게 사느냐고 묻길래
밥 먹고 산다고 대답했다
그는 그냥 갔다

온통 자갈과 낙엽만 뒹구는
집들 사이로, 비가 내린다
세무서 사람들도 별로 할 말이 없는 것 같았고
불심 검문도 별일 없이 지나친다
느닷없이 눈깔사탕이 먹고 싶다 느닷없이

어떻게 왔느냐고 묻길래
구두를 신고 왔다고 대답했다
그는 그냥 갔다

아무도 없는 텅 빈 방에 나 혼자
서 있는다
하늘이 조금씩 조금씩 내 어깨 위로
내려온다
어디를 가느냐고 또, 묻는 듯했지만

「날개」

첫 시집에 해설을 붙인 평론가 진형준은 '우수와 야유'라는 제하에 "대단한 비꼼과 야유 혹은 역설"을 동반하고 있는 "삶에 대한 일종의 착 가라앉은 허망한 인식"을 발견하고 있다.

그러나 이 만큼 아슬아슬하게나마 형상화를 구현한 작품들도 그의 시집에는 많지 않다. 내가 그의 부탁에 따라 뽑아 준 시들은 돌이켜 보면 대부분 형상화의 정도가 상대적으로 높은 작품들이었다. 만약 그 작품들로 시선집이 나왔더라면 읽고 공감하기는 한결 나았겠지만 과연 그런 작품들이 시인 이영유를 대표하느냐 하는 문제가 발생했을 것이다. 왜냐하면 전술한 바처럼 뚜렷한 것이 건져지지 않는, 불완전하고 울림이 없는, 더러는 어색하고, 결코 소화될 수 없을 것처럼 보이는 그의 나머지 시들이 그냥 버려진 것이 아니라 저 나름의 범접하기 어려운 무언가를 안고 여전히 거기에 도사리고 있으며 그것이 때로는 더 이영유다운 개성을 내비치고 있기 때문이다.

완성미가 적은, 형상화가 덜 되어 보이는 그의 시들에 대하여 나는 지나치게 적극적인 의미부여를 하고 싶지는 않다. 그러나 시 읽기의 경험에 비추어 볼 때 오늘날과 같은 상황에서는 시가 지나치게 완성미를 보이고 있다는 것 자체가 하나의 혐의일 수 있다. 오히려 그 반대, 말하고 싶으나 잘 말해지지 않는 것, 시가 자주 불시착하는 일—이것이 어쩌면 시를 둘러싼 더 진정한 상황일 수도 있는 것이다. 나는 서른 살 무렵, 그가 아직 시인으로 등단하기 이전, 아현동 언덕배기에 있던, 그의 불 때지 않은 골방의 벽에 더덕더덕 붙어 있던 습작시들을 생각하면서 적어도 그의 시집에 수록된 저 낯선 어휘들을 그가 결코 의미 없이 발하지는 않았을 것이라는 믿음을 가지고 있다. 그리고 그것이 바로 그의 시집을 덮고 났을 때 무언가 뒷덜미를 끌어당기는 힘과 무관하지 않다고 생각하는 것이다. 그의 시가 독자의 "앞에 있는" 시라기보다는 독자의 "뒤에 있는" 시처럼 느껴지는 이유도 바로 그 때문일 것이다. 앞에 두고 바라보면 도무지 이해할 수 없는 시, 그러나 등을 돌리면 무딘 감각으로 와 닿는 그의 별난 시.

혼자선 갈 데가 없니 저녁 바람아
시간이 없니 여자가 없니 새벽 기침아
새벽 기침처럼 말하니 소리치니 우그려
짜부러뜨려라 여전히 혼자서는 셈이
안 되니 갈 곳을 모르니 10시 20분 바닥난 볼펜
기름진 하늘 갈 때까지 다 가고도 돌아올 줄
모르는 혼자 혼자서 다 거두려드니 다 토하려드니
슬픈 오후야 슬퍼서 슬픈 환한 얼굴
잠시 후 그늘이 진다 그늘이 어두워진다 눈꺼풀도
열어 보고 콧구멍도 쑤셔보고 귓구멍도 후벼보고
이빨을 득득 긁어 이빨이 입 안에서 화내고
가만히 살고 있음을 확인하는 순간 슬퍼서
슬픈 오후의 기름으로 불이 탄다 찢어진 찢어질 계집의
백지가 탄다 혼자선 갈 데가 없니 시간이
없니—화내고 있나—말했으면
들어라 이 잡년아 바닥까지 쫓아와서 바닥을
내니 저녁 또 쓰러질 새벽 어이 그 끝에……
아직도 말이 할 말이 있기는 있니

「화내고 있나 가만히 있나」

그는 가난하게 살았다. 시를 써서 받는 고료, 이따금 연극연출을 하면서 받는 푼돈, 글짓기 대회의 심사위원, 무슨 축제나 시 낭송회 등의 행사 기획 등에서 생기는 돈이 전부였다. 주변의 사람들은 하나같이 그가 어떻게 처자식을 거느리고 사는지 신기해했다. 언젠가 그는 내게 "3~4개월 동안 십 원 한 장 안 생길 때도 있었다"고 했다. 또 전해 들은 이야기에 의하면 그는 월 평균 40만 원 정도의 돈으로 익숙하게 생활했다고 한다. 그의 생활을 보며 내가 종종 해방 전후 시기에 영화관의 간판광고를 그리며 박인환이 경영하던 마리서사의 프롬프터 역할을 했다던 박일영, 김수영이 "성인에 가까운 생활"을 했다고 남달리 평가하던 그 박일영을 떠올리곤 했던 것도 근거 없는 연상은 아니었던 것 같다.

"돈을 주체할 수 없을 정도로 많이 주더라"고 하던 일요신문의 기자생활을 할 때가 그래도 경제적으로는 가장 나은 시절이었다. 그러나 그는 생래적으로 조직생활의 질곡을 견디기 어려워하는 체질이었다. 기자생활 도중에도 그는 출근을 하다가 갑자기 전철을 내려 집으로 되돌아가 신문사가 난리를 친 경우가 있었다고 했다. 결국 이 위태로운 기자생활은 그리 길지 못했다. 신문사의 경영이 어려워지고 조직이 휘청거리자 그는 신문사를 그만두고 다시 가방 하나만 덜렁 맨 채 무일푼의 길거리로 나다니기 시작했다.

그의 세 번째 시집 『유식한 감정으로 노래하라』에는 돈이 없어 아내에게 결혼 예물로 주었던 금목걸이를 팔아치운 이야기를 비롯하여 이 시절의 막막한 현실이 두드러진다.

무얼 한정 없이 먹어대는 어린자식의
그 주둥아리를 무얼로 틀어막아야 할지 근심하는
사이에 아이는 자라 엄마의 눈치도 보고
애비의 허전한 생각도 가늠하는지 고인 물에 떠
할 일 없이 뱅뱅 도는 부초처럼 그런
한정 없는 떠돎과 같이 눈을 감았다 또 아무 말도
하지 못한다 식욕은 자라 마구 욕지거리를 배알아내고
제 욕만큼 자라 마구 거칠어진 머리통을
한정 없이 흔들어대며 초점 흐린 눈으로 또
어딘가로 가려는지 건널목의 신호등이 파란 불빛으로
바뀔 때까지 그냥 업힌 채로 가만히 못 배기는
어린놈의 주둥이에 되는 대로 먹을 것을
처질러주고도 한참을 불빛이 가리키는 대로 붙어 있다
수없이 불어난 주둥이를 달고 끌고 하늘 아래
빤한 그 세상을 눈치를 보고 처먹은 대로 욕지거리를

들으며 집도 절도 없이 크고 거칠게
한정 없이 돌아다닌다 먹고 게우고 지칠 때까지
쏘다닌다 우연찮게 선 자리에서 마구
흐르는 땅을 타고 뺑소니치듯 그냥 달린다
없어져 버린다.

「내가 어제의 들풀처럼 떠도는 이유는」

언젠가 한번은 "나도 구태여 돈을 벌려고 하면 벌 방법이 없는 것은 아니야. 그러나 그렇게는 안 해" 하고 말한 적이 있었다. 나는 그 방법이라는 것이 무엇인지 물어보지 못했지만 대략 논술과외 같은 것이 아니었을까 하고 나름대로 짐작해 보았다. 그의 말대로 그는 돈을 벌기 위해 아무 짓이나 하는 체질은 못 되었다. 그는 스스로도 말했듯이 "좋아하는 것만 좋아하는"(『그림자 없는 시대』 발문) 체질이었다.

두 번째 시집 『영종섬 길』의 말미에 그는 자신이 살아온 내력을 간단히 소개하면서 "마포에 있는 용강국민학교에 입학, 4학년 때부터 학교 교육이 마음에 안 들어 거의 매일 노고산(지금 서강대학교가 있는 산)에 가서 놀았음. 이때부터 강압적이며 틀에 박힌 학교 교육에 저항하느라 고등학교 졸업 때까지 공부를 한 것이 아니라 학교를 피해 다니느라 그저 고생을 함"이라고 적고 있다. 그러나 공부를 않고 놀았으면서도 그는 경기중학교에 들어갔다. 그것이 경기고나 서울대로 이어지지는 못했지만 나는 종종 그의 삶이나 사고를 접할 때 이 어릴 적의 천재성이 정상적인 발현을 거부한 채 그의 의식의 보이지 않는 구석으로 스며들어 말라붙어 있는—결코 죽지는 않고!—것 같은 느낌을 받곤 했다. 연극연출과 시 쓰기는 이 보이지 않는 구석행行의 외현外現이었을 것이다.

어려서 학교를 피하듯 그는 사회를 피했다. 그는 세상 사람들이 좋아하는 많은 것들을 한사코 좋아하지 않았다. 권력도 부도 명성도 그에게는 마치 없는 세계 같았다. 많은 사람들이 그런 세계를 야유하고 질시, 비방하는 방식으로 그런 세계에 대한 숨겨진 욕망을 드러내는 것에 비하면 그에게는 확실히 그런 숨겨진 욕망마저 없었다. 이를테면 나는 한 번도 그가 권력세계를 이야기하거나 권력자의 이름을 입에 올리는 것을 본 적이 없었다. 심지어 문화예술 분야에 걸쳐 이름만 대면 알 만한 유명인사들을 많이 알고 있었지만 그와 가진 그 수많은 술자리에서 그는 도무지 그들의 이름을 들먹이지 않았다. 거대 담론 따위도 안중에 없었다. 누굴 욕하지도 않았고 흥분하는 일도 없었다.

만약 이 글을 읽는 사람 중에 평소에 그를 잘 알고 있었던 사람이 있다면 나는 그에게 시인 이영유가 어떤 특별한 것을 가지고 있었느냐 하는 것에 입각하여 그를 이해하기보다 다른 많은 사람들이 빠져들기 쉽고 가지게 되기 쉬운 속된 그 무엇이 그에게는 얼마나 없느냐 하는 것에 입각하여 그를 되돌아볼 것을 권하고 싶다. 그러면 확실히 그가 매우 남달랐다는 나의 생각에 동의할 수 있을 것이다.

그의 시도 마찬가지였다. 모든 평론가들이 지적하듯이 그의 시는 쉽게 이해되지 않고 낯설지만 나는 그가 적잖은 시인들이 타성처럼 빠지는 그런 난해시에 길들여진 시인으로 생각해 본 적은 한 번도 없었다. 그는 난해시의 기법을 흉내 내지 않았을 뿐 아니라 그 어떤 형태의 멋부리는 시적 기교와도 거리가 멀었다. 시인이 독자를 의식하지 않고 시를 쓸 수야 없지만 적어도 부정적인 의미에서 독자를 의식하여 운필한 흔적도 찾아보기 어렵다. 나는 그가 그 나름의 방식대로 이 세상과의 진정한 접점을 찾아 헤매며 한 생애를 살았다는 것을 지금 돌이켜 확인한다. 그는 마치 이 세상 모든 문제를 추상화한 다음 스스로의 존재와 일상성 아래에서 그것들을 그만의 방식으로 곱씹고 있었던 것 같다. 정치도 역사도 문명도 그의 언설에는 등장하지 않았지만 실은 그 모든 것이 그의 푸념 같은 중얼거림 속에 추상화되어 정당한 비중으로 들어 있었다고 나는 생각한다.

집으로 가는 길은 멀다
다리를 건너고 개울과 냇가의 잔물결들을 따라
집으로 가는 길은 멀다
건물과 건물 사이 건널목을 돌아 위험과
非常이 시한폭탄처럼 또는
지뢰처럼 복면을 하고 숨어 있는 골목을 건너
집으로 가는 길은 멀다
세상 모든 길들이 지워지고
세상 모든 신호가 자취 감춘 곳
세상 모든 그림자가 씻은 듯 사라지고
홀로, 집으로 가는 길은 멀다
눈을 뜨고 가물가물 뜬눈으로 몰려오는 세상과
위험 수위의 알 수 없는 표시들, 그것들을 밝게 해주는
붉은 불빛들
거리를 지나 번잡을 지나 유령처럼 일어서는
불빛들을 지나, 골목과
뒷길과 한길을 넘어, 무한정 찾아가는 길
집으로 가는 길은 멀다

집으로 가는 길은 머지않아 사라질 것이다

「집으로 가는 길은 멀다」

2005년 봄 그는 직장암 진단을 받고 수술을 받았다. 인천의 한 조그마한 병원 침상에서 만난 그는 여전히 침착했다. 경과가 좋아 여름에는 종로에 있는 내 사무실에 들른 김에 인사동에 가서 건강회복을 축하하며 함께 술도 마셨다. 그런데 겨울에 들어서면서 암이 간암으로 전이된 것이 발견되었다. 조직검사 결과 신경세포암이라는 불치의 희귀암이었다. 그는 치료를 포기하고 집에 들어앉았다. 11월 말경 그는 나에게 제법 긴 이메일을 보내어 시한부 인생을 사는 심경을 이렇게 피력하였다.

(전략)

생각해 보면, 인생 한 번 와서 한 번 가는 것! 참되고, 의연하게 살다가고 싶네요, 누군들 그렇지 않겠는가마는, 이렇게 내가 직접 겪고 보니, 많은 것이 달라져 보이고, 세상과 인생이 새롭게 보이고, 다르게 보이고, 모순으로 가득 찬 듯한 세상이나, 또한 그 모순이 세상을 움직이는 힘, 아닌가, 이런 생각이 들기도 하네요.

아무래도, 나는 모순덩어리, 모순, 그 자체인가 봐요, 최소한—그것만이라도, 나에게 남은 인생의 시간 안에 명쾌한 정리를 해보고 싶네요, 누군들 그렇지 않을까마는, 자신과 세상의 모순조차 제대로 바라보지 못하고, 생을 살았다면, 그게 뭘까, 암은 그런 의미에서 바로 나 자신인 것 같네요.

"나는 암이다!"—어제 밤 9시가 다 되어 집사람과 새로 지은 세브란스 병원 언덕길을 내려오면서 나도 모르게, 소리를 질렀어요, 나는 암이다!—건물과 건물 사이 밤하늘로 퍼져 나가는 소리를 오랫동안 들었지요.

정말로, 구차하다는 게 무얼까? 한참 생각했는데—그러나, 세상 구라가 어떻든, 모순의 세상과 인생은 모순 그거 자체로 살아 볼 만한, 살아야 하는, 가치가 있는, 얼굴인데, 그게, 바로 암의 형상이에요, 씨팔! 버리지 않으면, 내려놓지 않으면—새롭게 살 지 못한다는, 마누라가 하는 성경 말씀, 마누라에게 성경공부를 받으며, 구절구절마다 시며, 시가 바로 암이며, 암이야말로 시의 표상이 되겠구나, 하는, 노가리가 슬슬 생각나데요—.

(중략)

구라와 노가리를 통하지 않고서는 시의 세계로 들어갈 수가 없다! 참, 구라와 노가리가 중요하다고 생각해요—뭐, 시가, 별 건가요? 내가 보기에, 판단하기에—시가, 별 거라고 생각하는 이들은 아마, 암의 경지는 맛보지도 못하는 사람들일 겁니다, 단언컨데! 암이 걸려야, 암을 알지요, 시가 걸려야, 시를 알지요!

12월 초, 나는 그에게 이메일을 보내며 "이제 연극은 어려울 터이니 목숨 무게가 실린 묵직한 시나 좀 써보라"고 했다. 그는 시가 써지면 보내겠다는 답신을 보내왔다. 그리고 12월말 경 「꽃 없는 꽃」이라는 제목의 짤막한 시 한 편을 보내왔다. 나는 별 생각 없이 그 시를 읽었고 별 느낌 없이 메일을 닫았다.

그리고 해가 바뀐 2월 16일 그의 병세가 궁금하여 우연히 전화를 했더니 그의 부인이 받으며 울먹이는 목소리로 지금 임종 중이라고 했다. 먹먹한 심정으로 인천 쪽 하늘 아래에서 숨을 거두어 가고 있을 그를 생각하다가 나는 불현듯 그때 보내 준 시가 생각나서 컴퓨터 앞에 앉아 메일을 다시 열어 보았다.

千年 동안 땅 속에
씨앗으로 묻혀 있다
싹이 트는
식물을

나는 안다

꽃이 없다

천년 동안 땅 속에

꽃을 감췄다

몰래 言語를 피우는

꽃을, 나는 안다

「꽃 없는 꽃」

갑자기 천년이라는 말의 시간적인 아득함과 땅 속이라는 말의 공간적인 막막함이 가슴에 밀려오며 나는 지난 이삼십 년 동안 그와 나눈 그 많은 술잔과 대화들이 생각나 오랫동안 휴지로 눈물을 찍어 내어야 했다. 이틀 후 그의 화장된 유해는 그가 매년 여름 무의축제를 연출하던 무의도의 한 야트막한 산마루에 뿌려졌다. 과연 「꽃 없는 꽃」이 목숨 무게가 실린 시인지는 모르겠으나 곧 문학과지성사에서 그의 유고집을 낼 계획이라는 부인의 이야기를 듣고 나는 그 시를 그녀에게 전해 주었다.

나는 문학평론가가 아니므로 그의 시를 깊숙이 평가할 능력도 없고 그러고 싶은 생각도 없다. 다만 나는 그의 오랜 친구로서 또 그의 시에 대한 20년 넘는 독자의 한 사람으로서 그가 결코 손끝으로 시를 쓴 것이 아니라 삶의 비타협적 궤적 자체로 시를 쓴 많지 않은 시인 중의 한 사람이었음을 구태여 증언해 두고 싶다.

상처

정초에 컴퓨터를 고치겠다고 연장을 다루다가 무심결에 손을 다쳤다. 작업에 너무 취해 있었던 탓인지 손이 좀 쓰리다는 것만 느꼈는데 나중에 보니 컴퓨터 곳곳에 피가 묻어 있었다. 약을 바르고 반창고를 붙여 놓았으나 움직이는 부분이라 제대로 붙어 있지를 않았다. 아물다가 피가 나고 또 아물고, 딱지가 앉다가 떨어지고 또 딱지가 앉고 하는 과정이 반복되었다.

그 상처를 다스리면서 나는 마음에 난 상처를 생각을 해보았다. 우연한 연상일 수도 있고 또 그 순간을 자극한 어떤 마음의 상처 때문일 수도 있었을 것이다. 마음의 상처가 아물고 더치고 하는 과정이 몸의 경우와 매우 흡사하다는 생각이 들었다.

막연히 인간에게는 얼마간의 상처가 필요하다는 생각을 늘

해왔다. 원론적으로 볼 때 상처는 우리의 마음에 깊은 음영을 드리움으로써 거취와 언행을 성숙하게 해주는 계기가 된다고 믿었기 때문이다. 아무런 상처 없이 고이 자란 사람의 시선은 사물의 표면에만 머물기 쉽다. 인간사의 다양하고 미묘한 내정內情은 제가끔의 상처를 통해, 더 정확히 말한다면 상처를 다스리면서 형성된 경험세계를 통해 비로소 인지되는 것이다. 그 점에서 본다면 상처는 세상을 내다보는 창이기도 하다.

그러나 너무 심각한 상처는 때로 그것을 치유하고 극복하려는 의지 자체를 압살해 버리기도 한다. 실제 세상에는 치유할 수 없는 상처를 안고 그 고통에 짓눌려 한평생을 불행하게 살다 떠나는 사람이 많다.

할 수만 있다면 상처는 그것을 극복하려는 의지와 균형을 이룰 필요가 있다. 그러나 상처는 우리가 임의로 통제할 수 있는 대상이 아니다. 상처 그 자체는 대부분 우연적이고 개별적인 불행이기 때문이다. 다만 상처를 극복함에 있어서 우리는 그 우연성과 개별성을 넘어 필연성과 보편성을 갖춘, 한 차원 높은 세계로 진입할 수 있을 뿐이다.

지난날을 돌아보면 많은 상처가 가난에서 왔다. 내가 초등학교에 다닐 때만 해도 우리나라의 일인당 국민소득은 1백 달러

미만이었다. 가까운 주변에는 점심 도시락을 싸 가지고 다니지 못하는 아이들이 많았고 술도가 앞에는 술지게미를 얻어먹기 위해 사람들이 길게 줄을 서곤 했다. 그래서 그 시대를 살던 사람들은 설움이라는 것을 안다. 그것은 비참한 삶의 여건과 인간의 포기할 수 없는 자존심이 부딪혀 엉긴 정서적 결정이었다. 산업화 이전의 인간상에 있어서 인격이라든가 인간적 위엄이라든가 하는 요소들은 대부분 이 설움 속에서 배태되었다고 해도 과언이 아닐 것이다.

요즈음 자라는 아이들은 그 설움을 모른다. 풍요의 시대에 설움은 이미 걸맞지 않는 정서가 되었기 때문이다. 그들은 설움 대신 시시콜콜한 순간적 욕망의 차질이 빚어 내는 짜증을 알 뿐이다. 짜증은 이 시대를 범람하고 있는 광범위한 물화物化의 정서적 측면이다.

물론 상처는 가난에서만 오는 것이 아니다. 생각보다 많은 상처가 피에 얽힌 상처다. 피는 묘하게도 쉽게 상처를 유발하는 요인이 된다. 그리고 다른 어떤 상처보다 집요하고 잘 낫지 않는 특성을 보인다. 나의 오랜 친구가 모친상을 당했을 때 나는 빈소에서 그와 나란히 서 있는 낯선 상주 한 분과 대면하게 되었다. 그분은 그 친구가 지난 30여 년 동안 내게 한 번도 이야기한 적이 없는 그의 배다른 형이었다. 그리고 그 사실은 내가 그와 관련하여 이해하기 어려웠던 많은 부분을 이해하는 계기가 되었다.

피에 얽힌 상처는 다양한 모습으로 집단화되기도 한다. 종족 간, 지역 간 혹은 사회계급 간의 무참한 갈등 가운데에서 우리는 피에 얽힌, 집단화된 상처를 종종 엿볼 수 있다. 그 경우에도 마찬가지로 상처는 잘 치유되지 않고 끝없이 더치는 경우가 많다.

그러나 피에 얽힌 상처는 그것을 극복하기 어려운 만큼 그것을 극복했을 때에는 엄청난 변화를 만들어 낸다. 개인에게 있어서도 집단에 있어서도 그 변화는 때로 창조에 가까운 것이 되기도 한다. 우리나라의 매우 영감 어린 건국신화에 의하면 이 찬란한 인간세人間世는 천상의 한 서자庶子가 스스로의 피의 비극성을 극복하는 과정을 통해 창조되고 있다. 인류 역사에 부인할 수 없는 커다란 영향을 미친 히브리 민족의 야훼 신앙도 애급의 노예라는, 피에 얽힌 집단적 상처를 극복하는 긴 역사를 통해 구축된 것이었다.

이루지 못한 꿈의 상처도 있다. 그것은 종종 가난의 상처와 오버랩 되기도 하지만 역시 별개의 영역을 구성한다. 그 양상은 인간이 가질 수 있는 꿈의 다양성만큼이나 다양할 것이다. 펼쳐보지 못한, 이제는 용도폐기된 꿈을 마음 가장 깊숙한 곳에 남

몰래 접어 두고 사는 사람의 서늘한 흉중을 생각하는 것은 생각하기에 따라 끔찍하고 무서운 일이다.

남녀 간에는 영속하지 못하는 사랑이 흔히 상처로 남는다. 백년해로의 언약을 지키지 못하고 헤어지는 부부의 수는 날로 늘어나고 있다. 그 모든 경우가 크든 작든 당사자들의 삶에 상처로 남는다.

맺어지지 못하는 사랑도 마찬가지다. 내가 아는 한 후배는 한 여자를 끔찍이 짝사랑했다. 소심한 성격에 벼르고 벼르다 어렵게 사랑을 고백했지만 그녀는 그를 받아들이지 않았다. 그 얘기를 들려주며 그는 이제 그녀를 잊으려고 애를 쓰고는 있으나 어떻게 잊을지 모르겠다고 쓸쓸히 말했다. 몇 년 후 그는 다른 여자와 결혼하여 지금껏 소리 없이 살고 있지만 그 상처는 어떤 형태로든 그의 삶 속에 남아 가끔씩은 더치고 있을 것이다.

사랑받지 못한 상처, 인정받지 못한 상처, 모욕당한 상처, 버림받은 상처, 배신의 상처, 이별의 상처……. 상처는 도처에서 온갖 모양으로 우리의 삶에 등장한다. 그리고 우리는 그 상처를 다스리며 인간의 심연을 이해하고 우리를 관류하고 있는 인간의 운명을 헤아리는 것이다. 내가 아는 그 후배의 상처도 그것을 극복하려는 그의 의지에 비해 지나치게 심각하지만 않다면 오히려 그의 결혼생활을 훨씬 진실하고 행복한 것으로 만드는 계기가 되었을 것이라 믿는다.

상처라는 통념에 초점을 맞추고 보면 이야기는 대체로 이런 정도의 개연성에 귀결한다. 그러나 우리가 세상을 바라보는 문제, 깊고 슬기로운 눈을 갖는 문제, 다시 말해서 그 자체가 통념이 되기 어려운 일련의 궁극적 과제에 초점을 맞추고 보면 이야기는 그 개연성의 벽을 넘어 다시 나아가게 된다.

별세한 문학평론가 김현 선생은 마음이 매우 따뜻한 사람이었다고 한다. 그것은 그를 존경하는 몇몇 후배들의 이런저런 글에서도 보이고 있고 또 그를 잘 아는 내 친구에게서도 들어 확인한 바 있다. 고종석의『서얼단상』에 보면 이 따뜻한 마음의 소유자는 분명히 어떤 마음의 상처를 가지고 있을 터인데 그의 생애를 보면 전혀 그런 상처를 찾아볼 수 없다는 어느 시인의 지적이 소개되어 있다. 그러면서 고종석은 겉으로 드러나지 않은 김현의 숨은 상처로서 그가 전라도 사람이라는 것이 작용하지 않았을까 하는 가정을 제시하고 있다. 말하자면 집단화된 피의 상처가 그에게 있었을 것이라는 말이다.

물론 그럴 수도 있을 것이다. 그러나 그런 가정을 반드시 부인하는 것은 아니지만 일반적으로 인간에 대한 깊은 이해와 연대가 반드시 삶의 어떤 상처를 통해서만 이루어지느냐 하는 또 다른 의문을 제기해 볼 수 있다.

삶을 돌아보면 모든 상처가 지혜나 사랑을 낳는 것은 아님을 알 수 있다. 마찬가지로 모든 지혜나 사랑이 우리가 일반적으로 말하는 그런 상처를 경유하는 것도 아닐 것이다. 상처와 지혜 사이의 연관을 지나치게 강조하다 보면 우리는 또 다른 결정론에 빠지고 만다. 역사상 인간에 대해 높은 사랑과 이해를 실천한 정신이 모두 그런 개별적인 상처에서 나왔겠느냐고 자문해 보더라도 우리는 당장 곤혹스러워질 것이다.

가장 대표적인 예로 고타마 싯다르타의 경우를 들 수 있다. 그는 왕자였다. 이 세상에 부러울 것 하나 없는 신분이었고 궁성 안에서의 그의 삶은 행복 그 자체였을 것이다. 그가 삶의 고민을 시작한 것은 소위 사문유관四門遊觀을 거치고 나서였다. 태어나 늙고 병들고 죽어 가는 인간의 모습을 보고 그는 새로운 삶의 길을 걷기 시작한 것이다. 최근에 그는 아주 어둡고 불운한 젊은 시절을 보냈을 것이라는 새로운 학설이 제기되고 있는 만큼 그것은 사실이 아닐 수도 있을 것이다. 그러나 그것이 한갓 설화적 구성이라 할지라도 그런 삶이 현실적으로 있을 수 있음을 부인할 수는 없을 것이다.

그렇다면 그런 삶에 있어서 인간의 상처와 깨달음 내지 성숙은 어떤 관계로 구성되어 있을까? 여기에서 나는 앞서와는 조금 다른 논리를 생각해 보게 된다.

즉 어떤 유형의 인간에게 있어서는 삶의 체험이라는 것이 일반적인 경우와는 달리 자기 일신에만 국한되지 않고 매우 심원한 관계망을 지니고 있어서 그가 보고 듣고 느끼는 모든 것이 심대한 자극으로 그의 영혼에 작용할 수 있다는 것이다. 말하자면 그는 스스로의 가난이나 피의 비극성 등등에 제한되지 않고 가장 먼 곳에서 오는 가장 미세한 인간사의 메시지마저도 그것이 인간 존재의 근원적인 문제와 관련된 것이라면 그것을 자신의 삶의 내용으로 받아들이고, 인식하고, 반응하는 타고난 체질을 지닐 수 있다는 것이다.

그런 각도에서 문제를 다시 볼 때 나는 기왕의 내 생각을 수정하거나 최소한 조건을 달지 않을 수 없을 것 같다. 인간에게는 정말로 얼마간의 상처가 필요한 것일까? 개연적으로는 그렇다. 그러나 우리가 그것을 필연적인 명제로 받아들이려면 상처에 대한 지금까지의 통념은 수정되지 않으면 안 될 것이다.

상처란 무엇인가? 가난만이, 피의 흠결만이, 좌절된 꿈만이 상처가 아니다. 사문유관 후 싯다르타에게는 그가 본 모든 것이 상처였다. 그것은 단지 궁성 밖의 현실이 아니라 화려한 궁실 안, 왕자라는 신분에 둘러싸인 그 자신에게 있어서도 똑같이 관류하는 근본적 인간 운명이었다.

마찬가지의 관점이 오늘날에도 여전히 유효하다고 생각한다. 우리가 가장 깊은 눈을 열고 이 세상을 그 심연에서부터 바라볼 때, 이 세상 역시 상처로 가득 차 있다. 모든 곳에서 우리는 피 흘림을 보고 신음을 듣는다. 그렇게 본다면 인간에게는 얼마간의 상처가 필요하다고 막연히 여겼던 나의 생각도 구태여 잘못은 아닌 셈이다. 다만 엄밀하게 볼 때 필요한 것은 상처라기보다는 이 세상의 미만한 상처를 있는 그대로 볼 수 있는 지적 성실성이라고 바꾸어 말할 필요가 있을 것이다. 돌이켜 보면 땅위에 상처 아닌 것이 어디에 있는가. 어쩌면 인간이라는 존재 자체가 이 광막한 우주의 상처가 아닌가! 단지 우리는 우리가 '보는' 만큼의 상처를 가질 뿐이며 그런 방식으로 가지는 상처의 크기만큼 지혜와 인간적 연대를 확보하는 것이라 생각한다.

희비애락에 노출된 인간의 삶은 드러난 상처와도 같다. 최후의 순간에 지혜는 그 모든 상처들과 일체화된다. 정초에 입은 손의 상처도 이제는 단지 거뭇거뭇한 흔적으로만 남았다. 마치 아물고 더치고 하며 언젠가는 이르러야 할 내 삶의 일체화를 가리키는 은유처럼.

연민이 지혜를 낳는다

인간에 눈뜨기 시작하던 중학교 시절에 나는 우연한 계기로 이상심리학異狀心理學에 관심을 가지게 되었다. 말하자면 우리가 보통 정신병이라고 부르는 여러 양태와 정신병까지는 아니더라도 다분히 비정상적이라 할 수 있는 인간의 여러 가지 기괴한 행동이나 정서가 갑자기 매우 강한 호기심의 대상이 되었던 것이다. 그래서 당시 청량리 정신병원장을 하던 최신해 박사의 각종 임상 관련 수필집들을 구해 흥미롭게 읽었고 또 학원사에서 나온 『가정의학대전』에서 정신과 의사들이 기술한 각종 정신병 임상사례를 찾아 코를 박고 읽던 기억이 난다.

돌이켜 보면 그것은 성장기에 흔히 나타나는 인간에 대한 관심의 한 양상이었다고 할 수 있을 것이다. 그런데 그 중에서도 다른 많은 것을 제쳐 놓고 구태여 이상심리학이라는 예각에 기대어 인간의 내면을 들여다보았던 이 경험은 지금 생각해 보아도 큰 행운처럼 느껴진다. 우선 그 경험은 인간이란 존재가 얼마나 약하고 부서지기 쉬운 존재인가를 인식시켜 주는 계기가 되었던 것이다. 피해망상에 시달리는 사람, 조울병에 빠진 사람, 환청에 시달리는 사람, 기타 영혼의 균형을 잃어버린 뭇사람들의 행태가 나로서는 모든 인간의 어떤 숨겨진 차원을 드러내어 주는 것처럼 느껴졌던 것이다.

지금도 기억나는 것 하나는 기억상실증에 걸린 어떤 젊은 여성에 관한 것이다. 20대 초반의 이 여성은 자신이 왜 기억을 상실하게 되었는지, 그녀의 과거는 무엇이며 자신의 가족은 누구인지 모든 것을 기억해 내지 못하고 있었다. 단지 자신이 서울말을 쓰고 있으며 입고 있는 옷이 세련되고 값비싼 옷이라는 점 그리고 자신이 간직하고 있는 일기장에 "창문을 여니 시원한 바람이 뺨을 스친다. 강 건너편에서 불빛이 반짝인다"는 기록이 있는 점 등 몇 가지 단서에서 그녀는 자신이 서울의 한강변에 사는 어느 부유한 집안의 딸일 것이라는 내용으로 자신을 찾아달라는 광고를 일간신문에 내었다는 것이 주된 내용이었다.

이런 사례는 자아의 발견이라는 사춘기의 과제를 안고 있던 한 철부지 소년의 처지에 매우 민감하게 다가왔을 것이다. 어느 누구도 자신을 잃어버리지 않았다고 단언할 수 없는 상황이 젊은 시절 내내 그녀의 그림자가 내 기억 속에 떠도는 이유가 되었던 것 같다. 기억상실증은 그나마 나은 형태였다. 모든 형태의 강박증, 공포증, 성격장애, 정신분열병, 편집증, 기타 정상의 표피를 찢고 들여다보는 이상異狀의 세계는 흥미롭기도 했고 끔찍하기도 했지만 무엇보다도 나를 비롯한 모든 모든 정상인들의 세계와 무관하지 않은 세계로 여겨졌다. 어떤 부분은 어렴풋이 이해가 될 듯도 했지만 어떤 부분은 아무리 팔을 휘저어도 닿을 길 없는 캄캄한 심연 그대로였다.

어쨌든 이런 경험이 있고 그리 오래 지나지 않아 나는 '모든 인간 행태는 이상심리학의 대상이 될 수 있고 인간의 통상적인 행동이나 정서에 대해서도 병리학적 접근이 가능하다'는 생각을 가지게 되었다. 외람되지만 한동안 나는 그런 생각을 나의 독창적인 발견처럼 여겨서 그 발견을 무슨 소중한 재산이나 되는 것처럼 간직해 왔던 것이 사실이다. 그러나 나중에 보니 그런 관점은 인간을 원죄 속에서 바라보는 기독교의 시각이나 무명의 틀을 통해 바라보는 불교의 시각과 기반을 같이 하는 것이었고 그런 종교적 시각의 극히 세속적인 재탕에 불과하다는 것을 깨닫게 되었다. 그래도 나는 그 세속적 깨달음이 나의 인간이해를 더 깊게 해주었을 뿐 아니라 더 많은 인간행태를 받아들이고 세상을 더 긍정적으로 바라보는 데 큰 힘이 되었다고 생각한다.

세상을 살다 보면 인간이 참으로 약한 존재라는 사실을 확인할 수 있는 기회가 많다. 누구든 가까운 지인들 가운데에 영혼의 균형을 잃고 불행한 삶을 살아가고 있는 사람들이 몇몇은 있을 것이다. 나 역시 예외가 아니다. 어떤 친구는 거의 폐인이 되어 간간이 들리는 기행의 소문으로만 남아 있기도 하고 또 어떤 친구는 감금이나 다름 없는 생활을 하고 있는 경우도 있다. 이제는 좀처럼 만나지도 못하지만 만나 보아야 그 옛날 순진하고 심약하던 소년의 모습은 찾을 길이 없을 것이다.

그러나 과연 이들만인가? 문제는 우리 자신들을 둘러싸고 다시 시작된다. 간신히 그런 결과를 피해서 살아왔다고 하는 우리들은 어떤가? 삶의 순간순간에서 우리가 봉착해야 했던 위기들을 회상해 보더라도 우리 또한 예외가 아니라는 사실을 쉽게 발견할 수 있을 것이다. 우리의 심중에 뚜렷이 각인되어 있는 온갖 편향과 절망과 겁약의 이 상처들은 무엇인가! 누가 저들의 봉두난발과 우리 영혼의 이 상처 사이에 분명한 금을 긋겠는가. 어쩌면 그들이야말로 우리 존재의 피조성被造性과 무상함 그리고 약하고 부서지기 쉬움을 드러내어 주는 표징이나 증거가 아닌가. 이런 생각들을 하기 시작하면서 나는 점점 이상심리학을 훌륭한 인간학을 쏘아올릴 수 있는 추진체처럼 여기게 된 것 같다.

이상심리학에 접근해 보았던 나의 경험에서 볼 때 이상심리학은 인간을 추궁하지 않는다는 특징을 지니고 있다. 이 점이 동일하게 인간의 행동과 인식을 대상으로 하면서도 이상심리학의 세계가 도덕적 윤리적 판단의 세계와 크게 차이나는 점이 아닌가 한다. 이상심리학이 비정상적인 인간 행태만을 대상으로 한다는 점에서 그것은 당연한 것이라 할 수도 있겠지만 이상심리학의 방법과 기조가 모든 정상적 인간 행태에도 보편적으로 적용될 수 있다고 믿는 나의 견해에 따른다면 이 차이는 결코 당연한 차이가 아니다.

인간의 모든 행태에 대해서는 추궁하면서 접근할 수도 있지만 그렇지 않게 접근할 수도 있다는 점을 보여 준 데에 현대심리학의 한 성과가 있다고 나는 생각한다. 그 점에서 심리학은 본질적으로 관용의 학문이다. 심리학은 매우 너그러운 문화의 성과물이며 역사적으로는 서구문화의 자신감에서 비롯된, 인간에 관한 긍정적 이해를 그 토대로 삼고 있다. 심리학의 한 돌출 분야로서의 이상심리학도 역시 그런 일반적 미덕을 바탕에 깔고 있다.

그러나 심리학은 인간에 대해 절실한 연민을 가지고 있지는 않다. 바로 그 점에서 나는 심리학의 한계를 느끼며 심리학이 나의 성장 과정에 미친 고마운 영향에도 불구하고 그 학문에 대해 일정한 거리를 두어 온 이유도 거기에 있다. 연민을 가지기에는 심리학은 정상에 오른 모든 서구 문화가 그러하듯이 일련의 정태적인 학문, 포만의 학문이었다. 현대 과학의 한 분야로서 심리학이 가진 객관성과 냉정함이 그것을 허용하지 않기도 했을 것이다.

연민은 모든 인간의 약함과 부서지기 쉬움을 인정하고 받아들일 때 우리가 불가피하게 가지게 되는 관심의 양상이라 할 수 있다. 맹자가 측은지심을 이야기하면서 우물에 빠지려고 하는 갓난아기를 예로 든 것은 결코 우연이 아니라 생각한다. 가장 악한 사람마저도 아기의 '약하고 무력함' 앞에서는 측은한 마음을 가지게 된다는 것이다. 말하자면 인간의 약함은 연민과 특별한 상관관계에 있다는 뜻이다.

주의 깊게 관찰해 보면 연민은 인간에 대한 여러 가지 태도 중에서도 매우 특별한 태도임을 알 수 있다. 인간이 다른 인간에 대하여 가질 수 있는 수많은 감정, 이를테면 적개심이나 시기, 분노, 경멸은 물론 친근감, 선망, 존경, 애정 중에서도 연민은 확실히 고도로 정제된 감정에 속한다.

정상적으로 발현되는 연민은 무엇보다 높은 평정력을 지닌다. 그것은 분열을 치유하고 갈등을 잠재운다. 연민 속에는 관심이 있고 기다림이 있고 말없는 설득이 있으며 정당하고 차원 높은 시정의 힘이 있다. 그 메커니즘을 이해한다는 것은 쉽지 않지만 그 작용을 가만히 들여다보면 신비로운 느낌을 받지 않을 수 없다.

무엇보다도 놀라운 것은 연민이 지혜의 길을 연다는 사실이다. 심리학은 이 점을 잘 알지 못한다. 심리학은 자신이 열어 보인 세계 안에 갇혀 있다. 그것은 정태적으로는 문화의 높은 단계가 이루어 낸 성과를 보여 주고 있지만 동태적으로 관찰해 보면 거의 운동량을 갖고 있지 못하다. 심리학이 인류를 위하여 구체적으로 무엇을 하고 있는가 하고 물을 때 그것이 일정한 기능성 속에 갇혀 있는 것으로 관찰되는 것도 바로 심리학의 관심이 인간에 대한 구체적 관심과는 일정하게 괴리되어 있기 때문이라 할 수 있다.

이러한 판단은 우리로 하여금 심리학을 넘어 그런 구체적 관심을 가지고 있다고 여겨지는 영역, 즉 종교 쪽으로 옮겨 가는 것을 불가피하게 한다. 종교는 연민이라는 특별한 관심을 가지고 있고 바로 그것에 의해 심리학이 봉착한 벽을 넘어 새로운 영역을 개척하며 그곳에서 심리학이 알지 못하는 한 지평, 곧 지혜를 펼쳐 보인다.

종교로서의 불교는 그것을 가지고 있는 것처럼 보인다. 내가 생각하는 연민이 불교에서 말하는 자비와 얼마나 연관되는지는 모르겠지만 『화엄경』 보현행원품普賢行願品에 나오는 저 유명한 구절은 바로 자비가 지혜의 기초가 된다는 점을 당당히 웅변하고 있는 것이다.

어찌한 까닭인가? 모든 부처님께서는 대비심으로 체를 삼으시는 까닭에 중생으로 인하여 대비심을 일으키고 대비심으로 인하여 보리심을 발하고 보리심으로 인하여 등정각을 이루시나니, 비유하건대 넓은 벌판 모래밭 가운데 한 큰 나무가 있어 만약 그 뿌리가 물을 만나면 지엽이나 꽃이나 과실이 모두 무성해지는 것과 같아서 일체 중생으로 나무 뿌리를 삼고 여러 불보살로 꽃과 과실을 삼거든 대비의 물로 중생을 이익하게 하면 즉시에 여러 불보살의 지혜의 꽃과 과실이 성숙하게 되나니라. 어찌한 까닭인가? 만약 보살들이 대비의 물로 중생을 이익하게 하면 곧 아뇩다라삼먁삼보리를 성취하는 까닭이니라. 그러므로 보리는 중생에 속하는 것이니, 만약 중생이 없으면 일체 보살이 마침내 무상정각을 이루지 못하느니라.

자비에 의해 열리는 안목은 적어도 심리학이 세속적인 차원에서 확보한 척도—이른바 정상(normal) 또는 비정상(abnormal)이라고 부르는 척도—와는 다른 척도를 제시한다. 지혜가 단지 무언가를 아는 데에 그치는 것이 아니라 인간의 아픔을 치유하는 데에 가장 종국적인 목적을 두고 있음을 생각해 보면 이 단순한 진리는 어쩌면 당연한 것이라 할 수 있다. 그럼에도 불구하고 오늘날 우리의 선입견은 놀랍게도 지혜를 단지 지능과 박학의 차원에만 묶어 두고 있는 것이다.

그러나 연민은 다르다. 그것은 단지 감정의 일종이 아니다. 연민은 화엄경의 언급처럼 큰 나무의 뿌리에 접하는 대비의 물이다. 연민은 중생과 만나 지혜를 낳고 그 지혜를 통해 세상을 평정한다. 그 힘은 마치 산천을 하얗게 뒤덮는 눈보라 같기도 하고 온 벌판을 어느 사이에 파릇파릇하게 물들여 오는 봄기운 같기도 하다. 그 강한 연민의 눈에 보이는 인간의 모습이 다름 아닌 약함이라는 것이 아이러니컬하다. 어쩌면 연민이 인간을 약한 존재로 본다는 사실 자체에서 연민의 강함이 비롯되는 구조인지도 모르겠다.

하긴 그 구조가 어떠하든 무슨 상관인가. 나는 모든 사람들이 이런 연민의 메커니즘을 이해하고 그것을 스스로의 숨은 재산으로 삼는 일이 그다지 어려운 일은 아니라고 생각한다. 단지

한 발짝쯤 물러서서 시야를 확보하고 만상을 그렇게 바라보려는 마음의 자세만 갖추면 되는 것이다.

지금이라도 눈을 돌려 인간의 살아가는 온갖 모습을 한번 바라보자. 과연 하나 같이 우물을 향해 기어가고 있는 어린 아기의 모습이지 않는가? 그리고 이번에는 스스로의 모습을 바로 그런 시선으로 바라보자. 봉두난발은 아니더라도 어리석은 욕망과 계산을 안고 초조하게 눈망울을 굴리고 있는 나약한 중생이 보이지 않는가? 그렇다면 그것은 매우 반가운 소식이 아닐 수 없다. 보현보살의 증언에 의하면 그 순간 우리는 이미 저 아뇩다라삼먁삼보리, 즉 위 없이 바른 깨달음의 지경을 거침없이 접어들고 있기 때문이다.

용서

보내 주신 글 잘 읽었습니다.

글을 읽으며 용서의 문제는 조금 더 추상적으로 접근하는 것이 나을 것 같다는 느낌을 받았습니다. 그래서 추상적으로 접근하겠습니다. 용서는 아시다시피 기독교에서 중요하게 부각시킨 주제였습니다.

최근에 저는 약 3개월에 걸쳐 성경을 읽었는데 오랫동안 구약을 읽다가 신약으로 들어가니 이 새로운 약속이 옛 약속과 다르다는 것이 매우 확연하게 드러나는군요. 용서는 그 중에서 매우 결정적인 부분을 차지하고 있습니다.

예수의 논리는 간단합니다. 우리가 우리에게 죄지은 자의 죄를 용서하여 줄 때 하나님도 우리의 죄를 용서하여 준다는 것입니다. 역으로 우리가 다른 사람의 죄를 용서하지 않으면 하나님도 우리의 죄를 용서하지 않을 것이라는 이야기지요.

이것은 물론 하나님과 인간이라는 기독교적 구도하에서 진술된 이야기니까 오늘날 우리들에게 얼마나 와닿는 이야기일지는 모르겠습니다. 그러나 비기독교적 구도하에서도 이 진실은 여전히 유효하다고 저는 믿습니다. 다만 비기독교적 구도는 현실적인 여러 지배력들에 휘둘려 있기 때문에 그것을 가시화시킨다는 것이 매우 어렵다는 것이 다른 점입니다. 위대한 문화와 세속 문화의 차이지요.

언젠가 저는 신문 칼럼에서 「우리가 공유하고 있는 뿌리」라는 글을 쓴 적이 있는데 타인 또는 다른 집단의 문제점을 비난하더라도 기실은 그 문제점이 정말 문제가 되는 문제점이라면 그것은 나를 포함한 우리 모두가 공유하고 있는 뿌리에서 나온 것이므로 그 태도가 신중할 수밖에 없다는 내용이었습니다. 말하자면 용서와 관련된 문제의 초입初入만을 다룬 글임에도 대중적 공감을 얻기가 매우 힘든 글로 인식되더군요.

오늘날 전개되고 있는 수많은 인간적, 사회적 악惡—기독교는 그것을 죄의 개념으로 파악하고 있지만—을 둘러싸고 전개되는 저 피곤한 악순환을 생각할 때 우리는 이 악순환을 타결할 '알렉산더의 칼'을 생각하게 됩니다. 그것은 없다고 말할 수도 있지만 저는 그것이 있다고 보는 입장입니다. 논어에 나오는 말로 “진실로 어짐에 뜻을 두면 악은 없다(苟志於仁,無惡也)”는 말이 있습니다.

악을 도말시키고 선만의 세상을 만들고자 하는 것이 세속의 막연한 목적입니다. 기독교적으로 말하면 그것은 무거운 짐입니다. 어느 누구도 이행할 수 없기 때문이지요. 예수는 내 짐은 가볍다고 했습니다. 그것은 악을 도말시키는 것이 아닙니다. 선만의 세상을 만드는 것도 아닙니다.

세상은 여전합니다. 악은 여전히 있고 선은 미진합니다. 그러면서 악을 넘어서고 선을 달성하는 방법을 예수는 선언했던 것입니다. 용서는 바로 이 희한하고 기적 같은 방법의 실행논리입니다.

우리를 실어 가는 물결

얼마 전 어떤 정치인 한 분과 대화를 나누는 중에 노무현 정부가 경제적으로나 사회적으로 꽤 괜찮은 성적을 거두었음에도 불구하고 국민들이 별로 마음을 주지 않았던 묘한 현상이 새삼 화제가 되었다. 그는 지난 97년의 IMF 외환위기 이후 우리 사회가 국제적인 무한경쟁 체제에 뛰어든 결과 삶이 훨씬 불안정하고 냉혹해진 사정을 국민들이 별로 감안해 주지 않아서 그런 거라고 나름대로 이유를 제시하였다. 민심의 향배와 관련하여 나는 그것을 가장 큰 이유라고는 생각하지 않지만 그의 이 지적은 그날 하루 마음에 긴 여운을 남겼다.

생각하면 새삼스러운 것도 아니지만 우리는 외환위기를 계기로 별로 유쾌하지 않은 흐름에 편승하게 된 것이 사실이다.

마치 탱크가 마른 나뭇가지를 짓이기며 돌진하듯이 돈의 질서가 돈 이외의 모든 질서를 무참하게 괴멸시켜 나가는 모습을 우리는 지난 외환위기 이후 생생하게 지켜보고 있는 것이다.

구조조정이라는 어려운 경영학 용어를 지금은 학교 문전에도 가본 적이 없는 사람까지 다 알게 되었다. 평생직장이라는 개념은 효율성의 논리 앞에 허망하게 무너지고 이제 프로 야구선수가 아니라도 연봉을 받는가 하면 기관도 개인도 각종 평가 앞에서 전전긍긍하는 세월이 되었다.

한동안 우리는 경제성장이 제시하는 환상에 취하여 우리가 편승한 이 질서가 어디로 이어져 있는지 잘 알지 못했고 알 필요성도 느끼지 못했던 것이 사실이다. 60년대 이후 발표된 잇단 경제개발 5개년 계획들은 그 자체가 거의 국가적 삶의 목적이었다. 1972년 소위 '시월유신' 직후 요동치는 민심을 추스르기 위해 제시된 '천 불 소득, 백억 불 수출'의 전망도 헐벗은 민중들 사이에서는 나름대로 침투력이 있었다. 그런 사정은 '세계 속의 한국'이 부쩍 강조되던 80년대 후반에 대략 만조상태를 이루었지만 세계화를 외치며 국민소득 1만 달러 시대로 다가가던 90년대 전반까지도 그 기조는 그럭저럭 유지되고 있었다. 그러나 이제 국민소득 2만 달러 시대를 통과하고 있지만 아무도 2만 달러니 3만 달러니 하는 시대에 대해 전과 같은 환상을 가지려 하지 않는다. 경제규모 세계 7위의 전망도 도무지 귓전 밖이다.

외환위기 이후 우리 국민은 가을바람을 맞은 매미처럼 냉정해졌다. 이제 우리 국민은 우리를 이끌어 가던 모든 환상을 곰곰이 되돌아보며 모든 것을 근본적으로 반문하기 시작한 듯하다. 파이부터 키워야 한다느니 나누는 것이 우선이라느니 하던 것도 이제 별 관심사가 아니다. 우리 국민은 도대체 그동안 우리가 키워 온 것이 무엇이었냐고 묻고 있는 것이다. 이것이 외환위기 이후 우리가 깨우친 지혜라면 지혜다.

청년실업 속에서, 조기퇴직 속에서, 썰렁한 재래시장 바닥에서, 텅 빈 농촌에서 우리는 괴수보다 더 무자비하게 돈의 질서가 휩쓸고 간 상처를 본다. 그것은 암처럼 우리 삶의 전체적인 기획에 순종하지 않으면서 저 나름의 괴이한 생리에 좇아 증식하고 독소를 내뿜는다. 걸리적거리는 모든 것을 집어삼키며 모든 것을 저의 빛깔과 무늬와 형상에 좇아 재단하는 이 도도한 흐름은 유쾌하지 않은 정도가 아니라 필경 불길하고 기분 나쁜 재앙의 모습이다.

과연 이 흐름을 추동하는 힘은 어디에서 오는가. 우리는 왜 즐겁지 않은 이 물결에 휩쓸리기 시작했으며 언제부터 마치 리프팅 뗏목처럼 방향도 위상도 따질 겨를 없이 단지 뗏목의 전복을 피하는 데에만 급급할 수밖에 없는 비참한 상황이 되어 버렸는가.

어느 나라는 패권을 위해, 어느 나라는 단지 살아남기 위해 제가끔 조성된 환경 안에서 기약도 없이 증폭되고 있는 이 힘은 시방 지구촌의 마지막 골짜기들에까지 쓰나미처럼 밀려가고 있다.

한 정당에 마음을 주고 안 주고의 문제가 아니라 마치 새로운 중세가 거대하게 입을 벌리고 있는 듯한 이 역사의 기로에서 나는 모처럼 우리 국민들이 깨닫고 있는 이 근원적인 지혜가 이 모든 상황의 진정한 밑바닥에 닿도록 깊어질 수 있을 것인지 아득한 마음으로 헤아려 본다.

지상의 머리 둘 곳

밤하늘에 작은 별 하나가 소리도 없이 태어나듯 그 인연은 이제 내 삶과 의식의 궁륭 한켠에 은밀히 자리 잡아 작지만 또렷한 빛을 발하고 있다. 나는 그것이 단지 비유만이 아니라 생각한다. 밤하늘을 올려다 볼 때 쏟아 부은 듯 무수히 작은 별들이 우리의 가슴을 그토록 영롱하게 하고 또 설레게 하는 것이 우리가 우리 삶에서 엮는 그 숱한 인연들을 전제로 하지 않는다면 과연 가능한 일일까? 뒤늦은 깨달음으로 나는 오래 가슴이 벅차오르는 것을 어쩌지 못하고 있다. –「It's me」

간소한 생활에의 꿈

전철을 타러 가는 길목에 가끔 들르는 라면집이 있다. 무슨 일이 있다며 아내로부터 저녁식사를 적당히 해결하라는 부탁을 받은 날이나 이런 저런 일로 식사를 간단히 때울 필요가 있을 때 나는 이 호젓한 라면집에 들른다. 따로 탁자도 없이 벽면을 따라 붙은 좁은 나무판자가 탁자다. 그 위에는 젓가락 통이며 고춧가루 병 따위가 가지런히 진열되어 있다. 의자도 물론 등받이가 없는 동그란 나무의자다.

이 라면집에 앉아 라면이 나오기를 기다리며 벽면에 붙어 있는 거울 속의 내 얼굴이나 들여다보고 있는 시간이 내게는 한없이 편안하고 고즈넉한 시간이다. 그때마다 나는 내 인생도 이렇게 간소할 수만 있다면 하는 생각을 해본다.

만약 내가 혼자였다면 정말로 그렇게 살았을 것이다. 그러나 결혼을 해서 가정을 이루고 있으니 그게 뜻대로 되지 않는다. 일상에 파묻혀 대부분은 잊고 살지만 가족과 함께 살기 때문에 나의 생각과 정서에 좇아서만 생활할 수 없는 데에서 오는 제약감은 지금도 무슨 견비통처럼 나를 따라다니고 있다. 그래도 어쩔 수가 없다. 일상사의 모든 것은 결국 가족 중심으로 결정이 나고 나의 생각이나 정서는 항상 뒷전으로 밀린다. 그 생각과 정서가 조금이나마 꿈틀거린다는 것이 바로 이런 라면집 의자 위에서의 하릴없는 상념 정도다.

혼자 산다면 나의 생활은 훨씬 간소해졌을 것이다. 먹고 입고 사는 것이 생활일진대 그것이 복잡해야 할 이유가 없지 않은가. 실제 그런 생활을 한번 해본 적도 있다. 지방근무로 가족을 떠나 혼자 살 때였다. 처음 내려갔을 때 나의 짐은 소형승용차 뒷트렁크에 충분히 실을 수 있는 분량이었다. 아마 옷가지 몇 벌과 세면도구, 등산용 코펠 세트와 역시 등산용 슬리핑 백 정도였을 것이다. 그 후 약간의 생활용품들을 현지에서 더 조달했지만 대부분 주변의 아는 사람들이 쓰라고 준 것이거나 중고품을 단돈 몇만 원에 구입한 것들이었다.

먹는 것도 마찬가지로 간소했다. 식욕이 별로 없을 때, 혹은 이것저것 준비하는 것이 번거롭게 느껴질 때 나는 작은 소시지 조각 하나와 오이 하나를 접시 위에 올려놓고 먹는 때가 가끔 있었다. 그 간소한 식사를 앞에 놓고 앉아 있자면 마치 무슨 제식祭式을 치르고 있는 듯한 진지한 느낌이 들곤 했다.

언젠가 영화배우 장미희가 텔레비전에 나와 파리 유학시절에 아파트에서 혼자 냄비밥을 먹다가 갑자기 냄비를 들여다보며 펑펑 울었다는 말을 한 적이 있었다. 약간의 설명을 곁들인 말이었으나 당시 그녀의 이유는 선명하게 전해 오지는 않았다. 그래서 지금도 그녀가 왜 울었는지 정확하게는 알 수가 없다. 그러나 어쩌면 그녀의 이유도 내가 작은 소시지 조각과 오이 하나 앞에서 느꼈던 것과 같은 어떤 제식적 엄숙성과 다소간의 연관성을 가지고 있었던 것은 아닌가 한다.

먹는 일은 단순한 사실 행위이기도 하지만 매우 상징적인 행위이기도 하다. 한 그릇의 초라한 음식은 인간의 근본적인 운명을 상기시켜 준다. 그것은 인간이 물질과 육肉에 이어져 있다는 사실을 상기시켜 주는 인간의 대표적인 하부조건이다. 인간의 하부조건으로 흔히 의식주, 즉 입는 것, 먹는 것, 주거하는 것을 든다. 그 중에서 입는 것과 주거하는 것은 아주 결정적인 것은 아니다. 기후 조건에 따라 다르기는 하지만 극단적인 경우로 열대지방에서는 의衣생활과 주住생활이 거의 없다시피 한 경우도 있기 때문이다. 그러나 식食생활, 즉 먹는 것은 그렇지 않다. 그것은 인간 조건의 절대적인 부분이다. 먹지 않고 살

수 있는 사람은 없기 때문이다. 그래서 먹는 일에는 인간의 하부조건 전체를 대표하고 상징하는 역할이 주어진다. 특히 간단한 식사의 경우가 그렇다. 간단한 식사는 그 제식적 행위를 통해 인간의 운명을 상기시켜 주고 우리의 인식을 태초의 인간조건으로 인도한다.

먹어야 산다는 이 조건에의 상기는 동시에 인간이 영적인 존재라는 사실도 상기시킨다. 이 점이 신비로운 점이다. 상징으로서의 먹는 일에는 그래서 일련의 역설이 들어 있다. 인간이 물질과 육에 이어져 있음을 겸허히 직시하는 순간, 인간이 동시에 숭고한 영靈에 이어져 있음을 인식하게 된다. 인간의 가장 절대적인 한 하부조건이 가장 절대적인 상부조건과 떼려야 뗄 수 없이 결합되어 있는 것이다. 그 결합이 드러나는 순간, 하부조건은 이제 더 이상 하부조건이 아니다. 그것은 숭고한 무엇이다. 기름지고 번쇄한 식사는 그 상기력을 잃고 있다. 오직 간소하고 초라한 식사만이 그 상기력을 지닌다.

우리가 흔히 보는 크리스천들의 식전食前 기도는 그 점에서 볼 때 충분히 근거가 있는 의식儀式이다. 물론 실제 의식은 대부분 매너리즘에 빠져 그 의미와 상징성을 살리지 못하고 있다. 그러나 그 의식은 한 종교의 의식으로 채택되기 이전에 한 덩어리의 차갑고 굳은 빵 앞에서 느낀 인간의 경건한 감정으로 선재先在해 있었던 것이라 할 수 있다.

삶에는 일련의 스산함이 있어야 한다. 그 스산함은 우리가 헐벗은 상태로 태어났다는 사실에의 끝없는 상기가 아닌가 한다. 그 사실은 우리가 로마의 황제처럼 번쩍이는 망토를 두르고 군중의 연호 가운데를 거니는 순간에도 결코 다르지 않다. 그런 스산한 상기가 우리를 초라하게 만들지는 않는다. 오히려 그런 상기 속에서만 우리는 인간 본래의 운명 속에 굳건히 설 수 있는 것이다.

라면집의 간소함에는 그런 스산함이 있다. 젓가락 통에 젓가락이 조용히 꽂혀 있는 모습이라든가 단무지 접시들이 차분하게 포개져 있는 모습, 그리고 저 거울 속에 전철을 타러 부산하게 지나가고 있는 사람들의 모습에는 스산함이 있다. 그리고 그 스산함은 나를 편안하게 하고 고즈넉하게 한다. 어쩌면 이 라면집은 언젠가 까마득한 과거에 보았던 혹은 언젠가 먼 미래에 다시 보게 될, 나의 잃어버린 성소聖所나 제단祭壇의 흔적인지도 모르겠다.

It's me

인연이란 무엇일까? 간단히 말하면 사람과 사람의 만남을 말할 것이다. 그러나 모든 만남을 다 인연이라 부르지는 않는다. 인연이라 부르는 만남은 그저 만나는 것이 아니라 사람 속의 그 어떤 것끼리 만나는 것일 때 비로소 그렇게 부르는 것 같다. 그렇다면 실제 만나지 않고 이루어지는 인연도 있을까? 만남의 개념을 너무 넓게 잡지만 않는다면 나는 얼마든지 그런 인연이 존재할 수 있다고 믿는다.

70년대 어느 한때였을 것이다. 어디에선가 『선데이서울』 한 권을 뒤적이다 나는 흥미로운 기사를 하나 접했다. 당시 신예 탤런트였던 여운계 씨에 대한 기사였는데 기억나는 내용을 토대로 대충 재구성하면 다음과 같다.

여운계 씨는 고려대학교 국문학과를 나왔다. 학교 때부터 다분히 탤런트 기질이 있어서 연극도 하고 운동회 때면 응원단장도 했다. 그러나 그녀는 활달해 보이는 외양에도 불구하고 내면적으로는 청춘의 번민도 많아 자주 학교 뒷산의 오솔길을 혼자 거닐곤 했다. 그날도 혼자서 외진 산길을 거닐고 돌아오는데 그만 시간이 늦어 주변이 어둑어둑해지고 말았다. 당연히 좀 무서웠을 것이다. 조마조마한 마음으로 발걸음을 재촉하던 그때 어두운 산길 저편에서 검은 그림자 하나가 다가오고 있었다. 외줄기 산길이라 피할 수도 없는 상황이었다. 그림자가 점점 가까이 다가오자 그녀는 겁에 질려 자신도 모르게 외쳤다.

"후(Who)?"

난데없이 평소에는 쓰지도 않던 영어가 튀어나왔다. 순간적으로 그녀의 탤런트 기질이 발휘되었다고 할까? 어렴풋이 식별 가능할 정도로 다가온 검은 그림자는 바바리코트를 입은 한 남자였다. 주머니에 손을 찌른 채 여전한 보폭으로 다가오던 바바리코트는 굵직한 목소리로 이렇게 대꾸했다.

"잇츠미(It's me)."

어두운 산길에서 각본도 없이 순간적으로 연출된 이 한 장면은 그들에게 있어서 운명적인 것이 되었다. 이들은 연애를 했고 결국 결혼에 골인했다. 기사가 나올 무렵 그녀의 남편은 프랑스에서 외교관으로 근무 중이었고 활발한 드라마 활동을 하던 여운계 씨는 아이들을 키우며 남편과 수년째 떨어져 사는 애환을 인터뷰에서 피력하고 있었던 것 같다.

세상사의 어떤 것은 매우 중요한 것임에도 쉽게 잊혀지지만 반대로 어떤 것은 매우 사소한 것임에도 오래 기억되는 것이 있다. 『선데이서울』의 그 기사는 전형적으로 후자에 속했다. 썰렁한 70년대의 한 허리, 싸구려 잡지에서 얻은 이 스틸이 왜 그런 특별한 것이 되었는지는 나도 잘 모르겠다. 그저 마음 맞는 술자리에서, 어느 등산길 모퉁이에서, 먼 여행길의 차중에서 나는 반복해서 그 이야기를 누군가에게 들려주곤 했다. 결혼을 하고 나서는 아내에게도 들려주었으니 나는 도무지 그 에피소드에 관한 한 열렬한 전도사가 된 셈이다.

20대 중반 내 영혼이 헤매고 있던 그 황량함과 여운계 씨가 그 활달한 성격의 이면에서 겪고 있었다는 청춘의 번민 사이에 무슨 공명 같은 것이라도 있었던 것일까? 아니면 그런 상황에서도 난데없이 "후?"를 던질 수 있었던 그녀의 엉뚱함에 내가 매혹되었던 것일까? 또 아니면 그녀의 "후?"와 그 바바리코트의 "잇츠미" 사이에서 거역할 수 없는 숙명 같은 것을 읽은 나의 지나친 민감성 때문이었을까? 가끔 그녀가 나오는 텔레비전 드라마를 볼 때마다 나는 그 젊은 날의 화두를 떠올려 보지만 드라마 속의 그녀는 아무런 단서도 내비치지 않고 있었다. 수많은 텔레비전 출연에도 불구하고 한 번도 그녀의 입에서 그 에피소드가 다시 거론되는 것을 본 적이 없었기 때문에 그 보석 같은 에피소드는 어느 누구도 다시 들춰 볼 가능성이 없는 낡은 잡지의 한 페이지와 역시 낡은 내 기억의 한 자락으로만 존재한다는 그 비밀스러움으로 인하여 더욱 애착이 가는 것이 되었는지도 모를 일이다.

세월이 흘러 이젠 내 삶 속에서 그 에피소드를 이야기하는 일도 점점 드물어져 가던 약 2년 전, 대전에서 객지생활을 하고 있을 때였다. 나의 사무실로 낯선 전화가 한 통 걸려 왔다. 어느 70대 노인의 전화였다. 그는 서울에서 대학 교수 생활을 하다가 지금은 은퇴하여 제주도의 어느 한적한 곳에서 살고 있다면서 전화를 건 이유를 이렇게 말했다. 얼마 전 자신의 친구이자 서울대학교에서 천문학 교수를 지내다 역시 오래 전에 은퇴한 이모 교수를 만났더니 내가 쓴 책 『어른 되기의 어려움』을 읽었다며 그 책을 보여 주면서 호평과 함께 일독을 권하더라는 것이다. 그래서 그 책을 빌려 와서 읽어 보았는데 왜 그 책을 권했는지 알겠더라는 이야기였다.

어떤 저자에게 있어서나 책을 낸 후 이런 호의적인 반응을 듣는 일은 최대의 보람이자 기쁨이 아닐 수 없다. 최근에 낸 책도 아니고 이미 출간된 지 5년이 넘은 책이라 나는 말할 수 없이 고마웠다. 저자에게 전화를 건다는 것은 결코 쉬운 일이 아니다. 우선 전화를 하려고 마음을 먹는다는 것도 쉬운 일이 아니지만 전화번호를 모르기 때문에 실행에 옮긴다는 것은 더더구나 희소한 일이었다. 일부러 출판사에 전화를 해서 사정 이야기를 하고 저자의 전화번호를 건네받지 않으면 불가능한 일이기 때문이다. 노인은 언제 제주도에 올 일이 있으면 한번 만났으면 좋겠다는 말도 했고 자신도 가끔은 서울에 가니 언제 서울에서 만나는 것도 생각해 보자고 했던 것 같다. 나도 가급적 그럴 수 있기를 원한다는 말을 더듬거리며 통화를 마쳤을 것이다.

그리고 2년여의 세월이 흘렀다. 그 사이에 나는 그 전화에 대해서 잊어버리고 있었다. 10여 년 넘게 쓰고 있는 일기를 가끔 한가한 시간에 뒤적여 보는 버릇이 없었더라면 어쩌면 완전히 잊어버렸을지도 모른다. 두어 달 전 어느 날 나는 예의 그 버릇에 따라 일기를 뒤적거리다가 우연히 2년 전의 그 기록에 눈길이 갔다. 그래 맞아. 제주도에 산다는 어느 전직 대학 교수 양반이 고맙게도 전화를 했지. 미안하게도 그동안 까맣게 잊고 있었지만 나는 그날의 그 전화를 단숨에 회상해 낼 수 있었다.

차○○—나의 비교적 치밀한 기록 습관은 그의 이름 석 자를 정확히 기록하고 있었다. 그의 이력에 대한 더 진전된 호기심 때문이었는지 나는 무심히 인터넷 검색창에서 그의 이름을 검색해 보았다.

여러 명의 동명이인들 가운데에서 전직 교수 차○○을 찾는 것은 그리 오래 걸리지 않았다. 뉴스 사이트에 특히 여러 건의 검색 결과가 올라와 있었다. 몇 장의 사진도 있었다. 벗어진 머리와 붉은 얼굴, 짙은 눈썹 아래 형형한 눈매, 평범한 70대 노인은 탤런트 여운계 씨의 죽음 앞에서 남편으로서의 안타까움을 담담히 취재기자에게 토로하고 있었다. 굵은 빗금 하나가 유성처럼 마음 한 가운데에 쿵하고 내려와 박히는 듯했다.

2년 전, 대전의 내 구석진 방을 물어물어 찾아와 주었던 그 고마운 전화의 주인공이 여운계 씨의 남편이라는 사실을 알아차리는 데에는 물론 시간이 걸리지 않았다. 그러나 그가 까마득한 세월 저쪽 어느 20대 여대생의 불안한 눈길 속으로 태연히 다가오던 바바리코트의 주인공이자 저 "잇츠미"의 주인공이라는 사실, 더 나아가 내 젊은 날 그 숱한 술자리에서 반복해서 누군가에게 들려주었던 그 에피소드의 주인공이라는 사실까지 알아차리는 데에는 약간의 시간이 더 걸려야 했다.

물론 나는 제주도에 가지 못했고 서울에서라도 한번 만나자던 그 느슨한 약속도 지키지 못했다. 다만 나는 이 사소하면서도 기묘한 인연을 생각하며 감회에 잠기는 일이 많아지게 되었다. 그 오솔길 한 모퉁이의 스틸에 내가 그토록 애착을 보였던 것을 잘 설명할 수 없듯이 그는 내 글의 어느 모퉁이에서 어떤 느낌을 받았기에 내게 그토록 어려운 전화를 하게 되었던 것일까? 헤아려도 잘 짐작이 되지 않았다. 어쩌면 그 긴 세월 동안 내가 그 에피소드에 기울인 애착이 내 글의 어느 구절엔가 보이지 않게 실려 그분의 마음 한켠에 전해지기라도 했던 것일까?

밤하늘에 작은 별 하나가 소리도 없이 태어나듯 그 인연은 이제 내 삶과 의식의 궁륭 한켠에 은밀히 자리 잡아 작지만 또렷한 빛을 발하고 있다. 나는 그것이 단지 비유만이 아니라 생각한다. 밤하늘을 올려다볼 때 쏟아 부은 듯 무수히 작은 별들이 우리의 가슴을 그토록 영롱하게 하고 또 설레게 하는 것이 우리가 우리 삶에서 엮는 그 숱한 인연들을 전제로 하지 않는다면 과연 가능한 일일까? 뒤늦은 깨달음으로 나는 오래 가슴이 벅차오르는 것을 어쩌지 못하고 있다.

무武의 정신

사람을 평가할 때 문무를 겸비하였다는 말을 종종 한다. 인성 도야의 두 분야로서 이 전통적인 분류는 매우 깊은 인간이해에 바탕을 두고 있다. 그 중 한 축인 무는 문과 달리 오늘날에 와서는 현실적인 개념이라기보다 단지 전승된 개념에 불과한 듯한 느낌을 주고 있다. 이것은 어쩌면 오늘날의 사회가 개인적인 차원에서든 사회적, 국가적 차원에서든 지나치게 보장된 결과인지도 모르겠다. 그러나 설혹 퇴화된 개념일지라도 그것은 인간 본성에 근거한 것이기 때문에 인간의 영역에서 완전히 떠날 수 있는 것은 아니다.

무는 흔히 칼로 상징되어 왔다. 칼은 소극적인 경우 지키는 일(守)에 관련되고 적극적인 경우 징벌하는 일(伐)에 관련된다. 소극적이든 적극적이든 그것은 목숨이 걸린 일이다. 무가 엄숙하고 육중한 개념으로 다가오는 것은 그것이 이처럼 목숨을 담보로 하고 있기 때문일 것이다.

개인이든 집단이든 인간의 삶에 있어서는 목숨이 좌우되는 위기가 있게 마련이다. 평화로운 시각에도 인간의 이 운명은 사라지지 않고 남는다. 다만 조금 비켜서 있을 뿐이다. 그러나 조금 비켜서 있다는 사정 때문에 사람들은 자신의 존재 속에 가로놓인 이 운명을 잊기 쉽다. 이 운명을 잊은 개인은 가벼운 사람이 되고 이 운명을 잊은 민족은 허랑한 민족이 된다.

> 임진왜란 최대의 해전이었던 명량대첩을 앞두고 이순신은 장수들을 모아 놓고 이렇게 말했다.
>
> "너희 장수들은 살기를 바라지 마라."

나는 무의 정신이란 바로 이런 것이 아닌가 생각한다. 역사적으로 이 해전은 승리한 해전으로 기록되었지만 이 말을 할 당시 이 해전은 결코 승리할 수 없는 해전이었다. 승리할 수 없고, 그렇다고 해서 물러설 수도 없는, 결국 죽을 수밖에 없는 운명적 시점에서 그는 이렇게 말했고 실제 이튿날 그는 죽음을 각오하고 몸을 던져 싸웠다. 그는 무를 실천하였던 것이다. 만약 상황을 피할 수 있는 다른 방안이 있고 그것이 떳떳한 것이었다면 그 역시 그 방안을 택했을 것이다. 목숨은 결코 가벼운 것이 아니기 때문이다. 그러나 명량에서 그는 다른 방안을 찾을 수 없었고 무의 정신에 따라 그의 운명을 받아들였다.

무에 있어서 결단이란 어떤 논리적 검토에 의해 치밀하게 추구되는 결론과 같은 것이 아니다. 무는 오히려 그 모든 행보를 중단시킨, 미완의 지점에서 결단을 내리는 일이다. 이 때문에 평상의 시기에 있어서 무는 문을 따르고 그에 종속된다. 그러나 결단이 필요한 비상非常의 시점에서 무는 가차없이 문을 뛰어넘는다. 무가 문보다 뛰어나서가 아니다. 인간은 정신이기도 하지만 동시에 육신으로 존재한다. 그 조건 때문에 때로는 이치를 따지지 못하고 모든 추론을 중단하고 사느냐 죽느냐만을 두고 결단을 내려야 하는 것이 무의 운명이다. 이것이 무에 엄숙성을 부여하고 일련의 남성적 비극미를 안겨 준다. 그리고 이 요소가 살아 있을 때 생명은 온전히 자기 자신이 된다.

이 땅에 미국의 대규모 군대가 주둔한 지 반세기가 넘었다. 민족의 안위가 이민족의 무력에 의해 보장되는 이 체제를 우리는 오랫동안 당연한 조건으로 받아들여 왔다. 돌이켜 본다고 해봐야 그것이 자체적인 방위체제에 비해 훨씬 공고하고 비용도

적게 든다는 매우 실용주의적인 반성이 있었을 뿐이다. 요즈음은 용병설도 나오고 있다. 미군은 우리가 일정한 돈을 들여 고용하고 있는 용병과 다름없다는 말이다. 물론 이것은 논리적으로 맞지 않는 이야기다. 용병은 고용하는 측에서 그들을 다루지만 미군은 결코 그렇지 않기 때문이다.

이 체제 하에서 민족은 개인으로서나 집단으로서나 자기 자신에 이르지 못하고 있다는 것이 진정한 문제점이다. 죽음이 우리의 운명에서 빠져나가고 말았음을 아무도 눈여겨보지 않았다. 평시에는 물론 심지어 위기에 있어서도 우리는 목숨이 걸린 진정한 선택과 결단의 자리에 봉착한 적이 없다. 그 점에서 우리는 무의 정신을 잊고 있었던 것이다.

민족의 삶과 죽음이 민족 구성원들의 자주적인 결단에 의해 견지되지 못하는 이 체제가 유지되고 있는 한 이 땅에 살고 있는 모든 남자는 완전한 남자가 아니다. 남자가 완전한 남자가 아니기 때문에 여자도 완전한 여자가 아니다.

내가 지적하고 싶은 것은 바로 그 점이다. 나는 주한미군이 철수하여야 한다고 주장하려는 것이 아니다. 물론 계속 주둔하여야 한다고 주장하려는 것도 아니다. 그 판단은 역시 어려운 일임에 틀림없다. 다만 주둔 상태를 마치 추운 겨울날에 따뜻한 외투를 입고 있는 것처럼 편안하고 만족스럽게 받아들이고 있는 이 민족의 의식이 심각한 문제를 안고 있음을 지적하려는 것이다. 무엇을 잃어버렸는지를 알고 있는 동안은 언제라도 그것을 되찾을 수 있다. 그러나 무엇을 잃어버렸는지조차 모르고 있으면 그것을 되찾을 길이 없는 것이다.

오늘날 우리는 무의 정신을 잃고 또 그것을 잃었다는 사실마저 잊고 있는 것은 아닌가 하는 것이 이 시점에서 내가 던지고 싶은 화두다. "죽음을 잊어버린 영혼과 육체를 위하여"(김수영) 우리가 무엇을 해야 할지를 진지하게 생각해 볼 때다.

자전거 이야기

자전거는 평범한 물건이면서도 매우 독특한 문화 상징물이다. 인간이 까마득한 옛날부터 이용해 온 말이나 수레 따위에 비하면 그것은 발전한 19세기 응용물리학의 소산이지만 자동차나 비행기에 비하면 여전히 인력으로 움직이는 원시적인 교통수단이다. 이 중간자적 위치가 자전거에 일련의 문화적 상징성을 부여하고 있는 것 같다.

이를테면 우리들의 어린 시절만 해도 시골에서는 번쩍이는 새 자전거를 타고 마을 어귀를 멋지게 커브를 그리며 달리는 것 자체가 하나의 격상된 문화행위였다. 바람을 가르며 달릴 수 있는 유일한 이기였다는 점만으로도 자전거는 그 시대를 선구하고 있었던 것이다. 그 자전거가 이제 요란한 모터 소리에 지친 현대인들에게 뜻밖의 향수를 안겨 주고 있다. 시대의 변화가 자전거로 하여금 비인간적 산업사회 이전의 모든 건전성을 상징하는 물건이 되게 한 것이다. 김훈의 수필집 『자전거 여행』이 공전의 히트를 친 것도 태반은 자전거의 이러한 상징성에 힘입은 것이 틀림없을 것이다.

중학교에 다닐 적에 학교가 멀어 나는 줄곧 자전거를 탔다. 그 시절 이후 다시 자전거를 타지 못하다가 아이놈이 같은 이유로 자전거가 필요한 나이가 되어 나는 오랜만에 아이를 데리고 자전거 가게에 가보았다. 어느 정도 짐작은 했지만 자전거는 완전히 변해 있었다. 한마디로 옛날의 자전거가 아니었다. 안장은 높아 엉덩이가 빠짝 들렸고 손잡이는 멀어 상체를 두꺼비처럼 구부려야 했다. 이런 불편한 자세로 어떻게 여유롭게 자전거를 즐긴단 말인가. 허리를 세운 채 탈 수 있는 자전거는 없느냐고 물었더니 고개를 가로젓는 주인에 앞서 아이놈이 펄쩍 뛰었다. 요즘 누가 그런 자전거를 타느냐는 것이다. 그래도 가끔 아이의 이 불편한 자전거를 빌려 타기는 했지만 몇 년이 지나도 그 불편한 구조가 내 몸에 익숙해지지 않았다.

사실 자전거의 프레임이 이토록 바뀐 이유를 짐작하기는 어려운 일이 아니다. 자전거의 속도를 내려고 페달에 힘을 주면 자연히 엉덩이는 올라가게 되고 어깨는 내려가게 된다. 프레임이 바뀌었다는 것은 자전거의 이념이 '이동'에서 '속도'로 바뀌었음을 뜻한다. 기묘한 점은 그 속도가 더 빠른 이동을 위한 것이 아니라는 데에 있다. 이동이라는 실용성은 최소한으로 축소되거나 아예 배제되고 그 자리에 속도가 들어선 것이다. 속도는 이동이라는 실용성을 집어삼키고 나아가 이동 간에 확보되던 저 여유롭던 조망과 넉넉한 마음까지도 삼켜 버렸다. 어떻게 생각하면 기괴한 본말전도지만 이런 본말전도는 이미 현대사회의 모든 사물에 바이러스처럼 침투해 있다. 결국 자전거도 오늘날의 맹목적 진보주의에 희생되어 어느덧 우리 기억 속의 저 자전거와는 다른 물건이 되고만 셈이다.

얼마 전 무릎이 신통치 않은 아내의 요구에 따라 또 한 대의 자전거를 구입했다. 이번에는 접었다 폈다 할 수 있게 바퀴가 작은 자전거다. 이 자전거는 무엇보다 허리를 세운 채로 탈 수 있다는 점에서 나의 기대를 모았다. 허리를 세울 수 있도록 설계된 이 프레임에 아직도 순수한 이동의 목적이 남아 있다는 사실이 반가웠다. 하긴 여자들이 시장을 보는 정도의 용도라면 속도는 별 필요가 없을 것이다.

아내의 자전거를 빌려 타고 인적이 드문 아파트 단지 옆 가로수 길을 달리며 나는 이 주행이 얼마만큼 그 옛적의 조화롭던 성격을 회복하고 있는지 가늠해 보았다. 잠시 서늘한 바람이 얼굴을 스친다. 그러나 모든 것이 다시 되살아나지는 않는다. 그저 바퀴 조그마한 여성용 자전거를 타고 예순 고개를 향해 허겁지겁 올라가고 있는 내 모습이 피에로처럼 우스울 뿐이다.

자전거의 프레임이 시대의 프레임을 반영하듯 어쩌면 내 우스꽝스런 모습도 속도에 갇혀 정신없이 치닫고 있는 세상과 그 위세에 주눅 든 우리 인생살이 간의 어떤 관계단면을 시늉하는 것은 아닐까 하는 뜬금없는 생각만 휑한 가슴을 스친다.

복제예술의 홍수 속에서

연말이 다가오면서 이곳저곳에서 음악회가 열린다. 언제나 그렇지만 음악회장의 객석에 앉아 있으면 여러 가지로 착잡하고 불편한 느낌에 사로잡힌다. 그 느낌에 이어져 있는 실마리들을 하나하나 추적해 보면 우리 문화 현실의 전모에도 접할 수 있을 것 같다.

언젠가 한 음악회에서 젊은 테너가 '오 솔레미오'를 불렀다. 그날 나는 그의 노래를 감상하였다기보다는 그의 노래를 제대로 들을 수 없는 나의 청각적 조건을 참담한 마음으로 더듬었던 것 같다. 그때 나로 하여금 그 테너의 노래를 제대로 들을 수 없게 한 것은 나에게 주입된 온갖 선입견 때문이라고 나는 빠르게 추적해 들어갔다. 텔레비전에서나 음반을 통해 우리는 그 못지 않은 성악을 늘 듣고 있기 때문이다. 그래서 오히려 흠만 눈에

띄고 그의 표정이나 손짓이 어색하게 느껴지고 고음이 억지스럽게 여겨졌던 것이다.

그 불편한 감정에서 벗어나기 위해 나는 의도적으로 생각을 바꿔 보았다. 무대를 보며 지금 저 테너는 성악가가 아니라 노래를 잘 부르리라고는 전혀 예상해 본 적이 없는 나의 동창생이거나 친척이라고 생각해 본 것이다. 그리고 우연히 그와 노래방에 들렀는데 지금과 같이 저렇게 노래를 잘 부르는 것이라고 생각해 보았다. 그랬더니 그의 노래가 정말 멋지게 들렸다. 실제 그런 상황이었다면 우리는 모두 박수를 치고 난리법석을 떨었을 것이다. 그래서 지금은 음악회에 가면 나는 일부러 나에게 그런 암시를 건다. 완전하지는 않지만 그 암시는 그동안 온갖 음악회에서 꼼짝없이 감수해야 했던 저 불편한 감정을 상당 부분 완화시켜 주었다.

오늘날의 예술은 대량복제 시대의 복제 미디어를 통해서만 저 아우라의 손상을 입는 것이 아니다. 음악이 연주되고 유통되는 문화 메커니즘의 전체 분위기 때문에 실연實演되는 음악도 역시 아우라를 잃어버릴 수 있다는 것을 나는 깨닫게 되었다. 실연 속에 우리가 이미 복제의 이미지를 집어넣고 있기 때문이다. 모든 것에 접근 가능하다는 조건은 결국 어느 것에 접근하더라도 그것을 유니크하게 받아들이지 못할 정도로 우리 내면의 감광판을 황폐화시키고 있는 것 같다.

이 문제는 결국 정보시대의 문제로 옮아간다. 정보화 시대, 정보의 홍수 속에서 우리는 정보의 최대 수혜자가 된 것이 아니라 오히려 아무것도 받아들이지 못하는 정보의 원시시대를 맞고 있는 셈이다. 위대한 지혜는 아무 곳에나 있고 위대한 음악도 아무 때나 들을 수 있고 위대한 미술도 아무 곳에서나 만날 수 있다는 이 기막힌 조건은 우리에게서 오히려 모든 진정한 기회를 박탈해 가고 있다. 우리는 그 기회를 되찾을 필요가 있다.

공자는 제나라에 가서야 비로소 순임금의 음악 소韶를 들을 수 있었다. 그가 그 음악을 듣고 석 달이나 고기 맛을 잊었다는 것은 그가 제나라에 가서야 그 음악을 들을 수 있었다는 기회의 희소성과 연결되어 있는 것이다. 아무 곳에서나 버튼 하나로 만날 수 있는 베토벤의 교향곡은 이미 베토벤도 교향곡도 아니다. 또 나는 어떤 오디오광狂이 이 세상의 유명하다는 명품을 모조리 섭렵하고도 자신에게 가장 가슴 설레는 음악을 들려준 오디오는 그가 젊은 시절, 할 수 있는 것이라고는 하숙방에서 음반 듣는 것밖에 없던 가난한 시절의 낡은 야외용 '하이파이'였다는 얘기를 들은 적이 있다. 음악의 조건은 그처럼 예기치 않은 곳에 예기치 않은 모습으로 출현한다.

무엇이 우리에게 그 기회를 돌려줄 것인가. 생각하면 아직은 막막하다. 이 풍요가 진정한 풍요가 아니고 이 무수한 기회가 전혀 기회가 아니라는 것을 모든 사람들이 깨닫기까지는 아직도 더 많은 시간이 필요할 것이다. 그때까지는 어쩌면 키치(kitsch) 예술, 예술이 아닌 예술이 본질적으로 더 진실한 것일 수도 있다. 이를테면 엽기는 그 점에서 보면 이유 있는 생물학적 선택 같기도 하다. 그것은 일상화된 복제를 바탕에 깔고 시작한다. 그러나 그런 끝이 보이지 않는 막막한 세월을 나의 세대에서 보내야 한다는 것은 여전히 끔찍한 일이다.

우리말 정책의 기준

생활 곳곳에서 영어가 범람하고 있다. 카키색 군복의 미군들이 쇠똥이 어지러운 우리의 신작로 위를 성큼성큼 걸어가기 시작한 이래 우리의 언어생활에서 영어가 차지하는 비중은 날로 증대하고 있다. 몇십 년 전만 해도 정부 차원에서나 민간에서나 국어 애용을 만만치 않게 외치곤 했지만 지금은 그런 소리도 거의 들리지 않는다.

민족도 고정된 실체라 하기 어려운데 민족의 언어가 고정되어 있기는 어려울 것이다. 정부도 민간도 국민의 언어생활을 경직된 민족주의적 이념에 좇아 통제하는 것은 바람직하지 않다는 인식을 가지게 된 듯하다. 하긴 한쪽에서는 어학연수가 순례 행렬처럼 이어지고 있는 판에 설혹 누가 그런 생각을 하더라도 외치고 나서기는 이미 어려운 세월이 되고 말았다.

그러나 마음 한켠에 아무 생각이 없는 것은 분명히 아닌 듯하다. 과연 이래도 되는가, 우리의 말과 글이 이렇듯 무분별한 외세 선망에 휘말려 풍타죽낭타죽 해도 되는가 하는 생각을 다들 조금씩은 하고 있는 것 같다. 그렇다면 오늘날의 이 미심쩍은 언어 동향을 판단하고 조율해야 할 바람직한 기준은 어디에 있을까.

언어도 문화의 한 단면이라 한다면 그것은 다른 문화와 마찬가지로 스스로를 지키고 유지하려는 힘과 스스로를 넘어 더 넓고 다채로운 세계로 나아가려는 힘을 양극적으로 가지고 있다 할 수 있다. 따라서 지난날 날틀(비행기)이니 배꽃계집애큰배움터(이화여대)니 하던 것이 하나의 극단이었다면 국제화 시대에 발맞추어 영어 공용어 정책을 추진하자느니 제주도를 그런 언어정책의 전초기지로 삼자느니 하는 주장도 역시 또 다른 극단이라 할 수 있다.

이 문제에 있어서 내가 생각하는 것은 건전하고 품위 있는 정체성 의식이다. 오늘날 우리가 우리 바깥에서 물밀어 가는 힘들에 몸을 내맡기고 있는 양상은 그 와중에서 스스로의 존재감을 편안하게 느낄 수 없을 정도에 이르고 있다. 이것은 매우 큰 불행이 아닐 수 없다. 우리는 시시로 정체성의 와해를 경험하고 있으며 자아는 개인적으로든 집단적으로든 마치 가을바람에 풀어지는 구름처럼 윤곽을 잃어 가고 있다. 따라서 언어의 외세를 수용하더라도 적어도 우리의 정체성을 행복한 양감으로 느낄 수 있는 정도를 넘어서는 안 되는 것이다.

기준은 바로 그것이다. 선망이나 허영이 아닌, 불안에 의해 현재를 외면하고 세계화의 미래 속으로 강박적으로 뛰어드는 것이 아닌, 생물체의 건강한 성장에 상응하는 자기 동일성의 유지보전이 기준이 되어야 한다는 것이다.

그래서 나는 영어를 공용어로 채택하여야 한다는 사회 일각의 논리를 제 자리를 일탈한 자기상실의 논리로 본다. 그러나 일제 잔재로 남은 일본어 중 대체어가 마땅치 않은 일부 용어는 구태여 배척할 필요가 없다는 논리에 대해서는 비교적 수긍하는 입장이다. 언어에 있어서 패쇄적 민족주의는 병적인 것일 수 있지만 지나친 글로벌리즘은 바로 그 병의 또 다른 증상일 경우가 많다.

나는 5백 년 후 혹은 1천 년 후의 한반도에 지금의 우리와는 현저히 다른 생김새의 동남아 혼혈족이 영어만을 말하며 살아간다고 해도 그 결과만을 가지고 크게 서운해하지는 않을 것 같다. 민족도 '우리'도 항고한 실체로 존재하는 것은 아니기 때문이다.

그러나 지금 우리 어문 생활의 매순간에서 어떤 선택을 해야 하느냐 하는 문제를 놓고는 현재의 우리를 구성하고 있는 현실에 가능한 한 높은 자존심을 유지하는 방식을 까탈스럽게 요구하고 싶다. 남녀노소, 부유한 자, 가난한 자, 많이 배운 자, 적게 배운 자를 막론하고 우리가 그 안에서 우리임을 인식하고 자긍하며 보다 많은 것을 보다 많은 사람들이 공유할 수 있는, 그런 정체성이 우리의 언어생활에서도 확보될 때 우리의 삶 또한 저 부박하고 거친 흐름을 벗어나 더 안정되고 품위 있는 모습을 보일 것이기 때문이다.

지상의 머리 둘 곳

어느 시대든 그 시대를 이끌어 가는 주된 정신적 경향들이 존재하였다. 그렇지만 내가 세상사에 눈뜨고 나서 직접 겪은 지난 세월을 되돌아 볼 때 나는 대체로 그런 정신적 경향들로부터 늘 한 발짝 정도 비켜서 있었던 것 같다.

이를테면 70년대 초 나는 여느 젊은이들과 마찬가지로 장발 머리를 하고 통기타를 쳤다. 이 통기타 문화는 60년대 후반 유럽에서 발원된 학생운동에 젖줄이 닿아 있었던 것으로 일련의 자유스러움을 드러내는 것만으로도 정치적 저항을 암암리에 내포하고 있었다. 본질을 알고 보면 당시 전성기를 누리고 있던 공화당 정권이 다소 신경질적으로 장발족 단속이나 대마초 가수 구속에 나섰던 것도 결코 무리가 아니었다. 미국에서 히피 문화는 자연스럽게 반전운동으로 이어졌고 70년대 초반의 통기타 문화는 유럽에서처럼 바로 정치적 항쟁으로 나타나지는 않았지만 사실상 그 후에 이어지는 민주화운동에 지속적인 자양이 되었던 것이다.

이 독특한 청년문화에 나도 결정적으로 영향을 입고 어느 정도는 그에 빠지기도 하였다. 그러나 동시에 나는 이 문화에 강한 경계심을 가졌고 특히 탐닉의 농익은 행태를 노골적으로 혐오했다. 일종의 앰비벌런스(ambivalence, 반대감정병존현상)였다고 해야 할 것이다.

이것은 민주화운동 과정에서도 마찬가지로 나타났다. 유신체제에 있어서나 80년대의 신군부 통치체제에 있어서나 정치적 저항의 부단한 흐름은 내게 있어서 마치 담쟁이에게 있어서 담과 같았다고 해도 과언이 아니었다.

그러나 거기에서도 나는 그 흐름에 동참할 수 없었다. 나는 항상 그 한 발 곁에 서 있었다. 담쟁이는 담을 타지만 담이 되지 않듯이.

이를테면 1987년의 현충일을 나는 종종 생각한다. 그날 아침 나는 지금은 없어진 종로서적 인문학부에 있었다. 아침나절임에도 책을 보는 학생들이 많은 것이 좀 이상하게 느껴졌던 것 같다.

오전 10시. 묵념을 알리는 사이렌이 울리자 갑자기 책을 보던 학생들이 기민하게 움직였다. 사이렌은 신호였던 것 같다. 서점은 금새 텅 비어 버렸다. 휑한 서점에 남은 여직원 두어 명과 내가 서로를 쳐다보는 표정이 서먹할 정도였다. 조금 뒤 거리에서 최루탄 터지는 소리가 다급하게 들렸다. 빈 서점에 혼자 서 있는 짧은 순간 내 가슴을 스치고 간 감정은 형용하기 어려운 것이었다. 소외감은 아니었지만 약간의 소외감 같은 것이 있었다. 그리고 은밀했지만 난데없는 소명감 같은 것도 흐르고 있었다. 그 정체불명의 느낌은 사실 그날 이전이나 그날 이후에도 내 삶 속에 늘 관류하고 있던 익숙한 것이었다.

다만 그날 나는 그것을 좀 더 의식적으로 느꼈을 뿐이었다. 세월이 지나자 그날은 이른바 '유월항쟁'이라는 거룩한 역사적 명칭을 얻었다. 유월의 그날에 당신은 어디서 무엇을 하고 있었는가 하는 질문이 종종 사회정치적인 광장에서 외쳐지기도 하였다. 거기에는 다분히 정죄定罪의 목소리가 섞여 있었다. 나는 그날 텅 빈 서점 한 모퉁이에서 다만 한 권의 책을 뒤적이고 있었다.

그 문제는 지난날에도 똑같이 제기되었다는 점에서 역사적인 문제이기도 하다. 1960년 4·19 때에는 유월항쟁 때보다 더 전국적인 규모로 더 거센 물결이 휩쓸고 있었다. 프랑스혁명 당시에 나타났던 대공포(Grande Peur)가 비록 긴 기간은 아니었지만 전국을 휘덮었던 것을 기억하는 사람은 많지 않을 것이다. 어느 누구도 너는 어느 쪽이냐 하는 질문 앞에서 더 이상 비켜서 있기 어려운 상황이었다. 그래도 그때는 내가 초등학교 3학년이라는 어린 나이였다는 것이 그 상황을 피할 수 있는 정당한 이유가 될 수 있었지만 유월항쟁 당시는 이미 사십 줄을 바라보는 적잖은 나이였다는 것이 그 상황을 피할 수 있는 정당한 이유가 되지 않았다. 모든 성인들에게 그 문제는 정면돌파 이외에 다른 해결 방안이 없는 것처럼 보인다. 그렇다. 이 문제는 모든 사람들 앞에 정면으로 주어져 있다. 나 역시 이 문제를 의식적 무의식적으로 내 정면의 문제로 받아들였다. 그러나 나는 결국 이러한 표면화된 모든 입장들에 가담하는 것이 불가능했다. 무언가 다른 것이 있는 것 같다는 오랜 느낌이 나의 삶에는 그때나 지금이나 변함 없이 개재해 있다. 돌아보면 표면화된 어떠한 물결도 나를 실어 가지 못했다. 그 모든 흐름들에 대해 한 번도 관심을 소홀히 한 적이 없지만 나는 그 흐름 가운데에 나를 던져 넣을 수 없었던 것이다.

그 점에서 본다면 나는 거의 생래적이라 할 만큼 회의주의자였다. 이 회의는 불신과는 거의 관련이 없다. 오히려 내가 말하는 회의는 어떤 믿음의 이면 같은 것이라 생각한다. 모든 것을 회의할 수 있다는 것은 모든 것을 믿고 있기 때문에 가능한 것인지도 모른다.

어쩌면 20세기를 끝으로 역사는 당분간 과거와 같이 가파른 선택적 상황을 연출하지는 않을 것 같다는 느낌도 든다. 그러나 그런 상황이 아니더라도 역사의 새 물꼬를 트는 정신적 경향은 언제든지 새롭게 형성될 것이다.

환경운동에서 가끔 그러한 암시를 받는다. 환경. 녹색. 생명.

이러한 용어에서는 마치 내 스무 살 적의 통기타 문화처럼 혹은 그 이상으로 폭넓은 정치적, 사회적 저항의 기초가 엿보인다. 그 파장은 비할 바 없이 클 것이다. 나의 짐작으로 그것은 최소한 루소의 "자연"만큼은 심대한 영향력으로 저항의 거점 역할을 할 것이라 생각한다. 내 사유의 담쟁이 넝쿨은 시방 이 새로운 담벼락을 가파르게 기어오르고 있다. 그러나 동시에 나는 진작부터 이 경향들로부터 한 발 비켜 있다. 나의 생래적 회의는 이처럼 집요하다. 어쩌면 그것은 일찍이 내가 불교를 공부했던 것이 한 요인이 되었는지도 모른다. 조사를 만나면 조사를 죽이고 부처를 만나면 부처를 죽인다고 하는 원리를 은연중에 체질화했는지도 모른다는 이야기다. 그러나 분명한 것은 내가 단지 형식논리에 얽매어서 그러는 것은 아니라는 사실이다. 거기에는 나로 하여금 그렇게 하지 않을 수 없게 하는 나보다 더 높은 힘이 작용하고 있다.

토인비는 오늘을 움직이고 있는 진정한 역사의 요인은 오늘 저녁 신문에 대서특필될 수 있는 것은 아니라고 했다. 나는 그 지적에 전적으로 동의한다. 내가 추구한 것이 그것이었다고 해도 과언이 아니다. 오늘 속에 존재하면서 오늘을 있게 하는 무엇, 그러면서도 결코 오늘 저녁 신문에 대서특필될 수는 없는 형식으로 존재하는 그 무엇. 그것을 목도하기까지 나는 나의 시선을 지상의 어느 것에도 고정시킬 수 없었던 것이 아닌가 한다.

그날 텅 빈 서점 한 모퉁이에 서 있던 날, 내 가슴에 가득히 밀려들던 저 정체불명의 소명감을 생각해 본다. 설명할 수 없는, 바라보면 어느덧 내 등 뒤에 와 있는, 그러면서도 그날이나 지금 이 순간이나 변함없이 나를 밀어 가고 있는 그것은 아직도 흐린 거울을 보듯 그저 희미하기만 하다.

나는 생각해 본다. 어쩌면 얼굴과 얼굴을 마주하여 보듯 모든 것이 선명해지는 그날은 우리가 맞는 지상의 모든 나날들로부터 한 발 곁에나 있는 것이 아닌지 모르겠다. 영원히 발 디딜 수 없는 한 발 곁!

시간 탈출

영원永遠하다는 것이 과연 아득한 세월처럼 단지 시간을 길게 늘여 놓은 것과 어떤 관계에 있는지는 잘 모르겠다. 긴 시간도 단지 시간일 뿐 영원 그 자체는 아니라는 말도 일리가 있고 긴 시간은 영원에 근접하거나 최소한 영원에 대한 상징 정도는 된다는 말도 일리가 있을 듯하다. 철학적 개념들에 민감하던 젊은 날 같으면 전자를 지지했을 것이다. 그러나 나이가 들면서 사람은 조금씩 경험론자가 되는지 요즈음은 긴 세월에서도 영원의 이미지를 느끼는 일이 잦다.

가끔 번잡한 도심 한복판을 걸어갈 때 문득 100년이라는 세월을 거리의 풍경 위에 겹쳐 보는 수가 있다. 그러면 저마다 즐겁고 들뜬 표정의 거리는 한 순간에 적막한 묘역으로 변하고 만다. 짜릿하던 기쁨도 몸부림치던 절망의 고통도 긴 시간은 흔적조차 남기지 않고 도말시켜 버린다. 한갓 백일몽이지만 때때로 거리에서 그런 상상을 해보는 데에는 백일몽 고유의 생리에 기반한 이유가 없지 않을 것이다.

이 세상에 변하지 않는 것은 없고 소멸하지 않는 것도 없다는 주제는 시대에 따라 매우 진지한 관심사였다. 그러나 순간순간의 변화와 널뛰기하는 이 총망한 세상에서 그것은 이미 낡은 관념이 되고 말았다. 그래도 나는 이 시대에 뒤떨어진 관념에 종종 사로잡힌다. 또 그런 백일몽에 피곤한 몸을 맡기는 순간, 이상할 정도로 마음의 평정을 느낀다. 마치 모든 것이 소멸한다는 것을 자각할 때 마음 한켠에 불멸의 상이라도 자리 잡는 것 같은 느낌이다.

삶의 긴박한 매순간을 긴 시간 속에 담가 그 긴장을 해소시키는 이 간단한 원리는 문화사에서도 자주 관찰되는 전형적 패턴이다. 이를테면 대승불교가 대중화의 길을 걷던 무렵, 아득한 과거와 아득한 미래는 현세의 유한성과 과도한 폐쇄성을 타개하는 매우 유효한 방편이었다. 기독교도 그 다양한 종말론적 형태에서 현재에 미래를 쇄도시키는 구도를 통해 정체된 현실을 뒤흔드는 효과를 거두어 왔다.

이 방법이 가진 고유한 효과는 다양한 대중문화에서도 발견된다. 1969년 무명의 듀엣 재거 & 에번스는 'In The Year 2525'라는 노래 하나로 전 세계의 팝 음악계를 석권하였다. 나이가 좀 드신 분들은 이들의 한가롭고 읊조리는 듯한 음률을 지금도 기억할 것이다. 2525년부터 매 천년 간격으로 아득한 미래의 세상을 그려 보는 에번스의 가사에는 독특한 애수哀愁가 깃들어 있다. 팔다리가 필요 없이 모든 것을 기계가 대신해 주는 세상을 거쳐 이윽고 지구의 모든 자원을 착취한 인간들 앞에서 하나님은 그의 전능하신 머리를 가로 흔든다.

이윽고 서기 만년이 되어
깨닫지 못한 걸 후회하며
인간은 하염없는 눈물을 흘려요
이제 인간의 지배가 종식되었거든요

Now it's been 10,000 years
Man has cried a billion tears
For what he never knew
Now man's reign is through

그러나 영원한 밤 내

아득히 멀고 먼 별빛은

반짝거리겠지요

마치 그 모든 것이 어제의 일이었던 것처럼

But through eternal night

The twinkling of starlight

So very far away

Maybe it's only yesterday

히피 문화가 캘리포니아에서 뉴욕을 거쳐 전 미국을 휩쓸 때였다. 에번스가 까마득한 미래를 불러와 예기치 않게 선사한 쾌락감은 히피 문화가 추구하던 독특한 정신의 자유와 맞닿아 있었다. 드라마에서, 영화에서, 시간에 단층을 조성하여 얻어지는 이 효과는 이제 보편적인 창작기법으로 정착해 있다. 〈엽기적인 그녀〉도 마찬가지고 〈겨울연가〉도 마찬가지다.

번잡한 거리에서 내가 빠져드는 헛된 공상이나 각종 문화현상에서 나타나는 이런 시간 탈출은 우리가 살고 있는 시대의 물화物化를 단적으로 보여 주는 것이다. 물화의 시간은 닫힌 시간이다. 그래서 일상의 시간은 자기 파괴를 통해 하나의 순간에서 다음 순간으로 빠르게 전화되지 않으면 시야가 차단되고 숨통이 막힌다. 오늘날을 규정짓는 속도와 변화의 존재론적 뿌리가 거기에 있고 인류가 목을 걸고 있는 경제주의와 성장률의 신화도 그 부근에 기생해 있다.

사회주의가 무너지고 바야흐로 자본의 하얀 밤이 지속되고 있다. 자본의 일방성은 지구의 모든 표면을 징그러운 넝쿨식물처럼 휘덮어 버렸다. 시간은 대책 없는 답보에 묶이고 상황을 벗어나기 위한 부질없는 몸짓으로 우리는 이따금 아득한 미래를 불러와 보는 것이다. 그러나 미래를 불러온다는 것은 결국 미래로 달아나는 것이다. 그것도 자유의 행위이기는 하지만 거기에는 근본적으로 우리의 비겁이 가로 놓여 있다.

생각하면 영원한 것이 긴 시간일 수는 없다. 영원한 것은 매 순간이 그 순간에 즉응하여 자유와 명징성을 획득할 때에만 가능한 것이다. 시간도 결국은 피조물이고 우리의 삶이 나투는 하나의 형식일 뿐이다. 그래서 닫힌 시간도 시대적 전제가 아니라 우리가 선택한 삶의 질적 속악에서 비롯된 결과로 냉철하게 보지 않으면 안 된다.

종로에서 또는 명동에서, 내가 불러오는 아득한 시간이며 그것이 피곤한 의식에 마약처럼 주사하는 그리운 쇠락도 결국은 내가 짊어진 미망의 그림자라는 것이 현재로서는 쓸쓸한 결론이 될 수밖에 없을 것 같다.

웃음

스마일 운동이 범사회적으로 번지던 때가 있었다. 꼭 그때뿐만 아니라 웃음은 언제나 권장되어 왔고 그러다 보니 인터넷상에서는 "오늘도 많이 웃으세요"라는 말이 어느 결에 정형화된 인사말로 자리 잡았다.

한국 사람들은 잘 웃지 않는다고 한다. 실제 거리를 지나다 보면 사람들의 표정이 무표정하거나 경직되어 있다는 느낌을 받는 경우가 많다. 사진을 찍어도 근엄한 표정만 짓는다고 외국인들로부터 놀림을 받기도 한다. 그래서 그런지 요즈음은 적어도 사진에서만큼은 웃는 표정을 많이 볼 수 있다.

이렇듯 웃음은 일반적으로 좋은 것으로 알려져 있다. 그런데 이 웃음의 문제에 한 발짝 더 다가가 보면 웃음도 그저 좋은 것이라고만 하기에는 그 정체가 꽤나 모호하다는 사실을 알 수 있다. 왜 웃는가 하는 문제를 놓고 사람들은 조금씩 다른 분석을 하고 있는데 그 분석 내용이 결코 간단치가 않은 것이다.

다수의 학자들은 웃음을 정의하여 "권위와 체면의 손상이 상대적으로 가져오는 쾌감"이라고 한다. 이를테면 바보짓은 동서양을 막론하고 가장 전형적인 코미디의 소재다. 한국의 배삼룡, 심형래가 그렇고 미스터 빈으로 잘 알려진 영국의 로완 앳킨슨, 어네스트 시리즈로 유명한 미국의 짐 바니가 그렇다. 이런 웃음에서는 일종의 가학적인 심리도 엿보이고 모든 인간이 안고 있는 경박성도 엿보인다. 즉 웃음 속에 무조건 좋은 것만 있는 것은 아니라는 말이다.

"권위와 체면의 손상이 가져오는 웃음"보다 조금 덜 자극적인 웃음으로는 소위 득의의 웃음이 있다. 간절히 고대하던 바가 이루어졌을 때의 웃음이 그것이다. 마귀할멈의 웃음, 악당의 웃음은 그 중에서도 전형적인 것이다. 노리던 목적이 달성되었거나 달성되어 가고 있을 때, 그들은 웃는다. 그 유형이 주로 범죄나 악의, 좋게 보더라도 야망과 관련되는 것도 주목할 만한 현상이다. 웃음 속에 좋은 것뿐만 아니라 나쁜 것도 있을 수 있다는 것을 보여 주는 사례다.

토마스 홉스는 그의 『리바이어던』에서 웃음을 정의하여 "타인의 약점을 자신의 약점과 비교해 우월감을 느꼈을 때 나타나는 갑작스런 승리감"이라고 하고 있지만 우월감이나 승리감이라는 한두 마디의 정의에 웃음이 다 포괄될 수 있는 것은 아닌 것 같다. 이를테면 아직 말도 하지 못하고 엄마의 얼굴도 알아볼까 말까 한 간난아기도 방긋방긋 웃거나 까르르 웃는다. 이런 현상 앞에서는 우월감이니 승리감이니 하는 개념도 도무지 무력해지는 것 같다.

결국 웃음은 히드라의 머리처럼 여러 가지 얼굴을 가지고 있어서 관점에 따라 달리 보일 수밖에 없는 것 같다. 이런 웃음에 대해 나는 개인적으로 다소 부정적인 견해를 가지고 있다. 물론 그것은 나의 별난 관점 때문이라고 할 수 있는데 내가 적용하는 관점은 대체로 종교적인 관점이다.

이를테면 기독교를 한번 들여다보자. 신약성서는 어느 곳에서도 웃음을 권하고 있지 않다. 예수는 기록된 단 한 장면에서도 웃는 모습을 보이지 않고 있다. 그런 모습은 별로 어울리지도 않는 것 같다. 예를 들어 시인 김춘수가 쓴 「세 번째 마리아」라는 시에는 다음과 같은 구절이 나온다.

> 베타니아 마을
> 말타네 집 헛간방에서

오랜만에 참으로 오랜만에 잇바디를 드러내고
예수도 한번 웃어 보였다

처음 이 구절을 대했을 때 나는 잇바디를 드러내고 웃는 예수의 모습이 매우 생경했던 기억이 난다. 그것은 예수의 전체 삶과 어울리지 않는 것 같았다. 예수만 그런 것이 아니다. 웃는 석가, 웃는 공자, 모두 묘한 위화감을 불러일으킨다. 불경에 부처님이 염화시중하자 가섭이 빙그레 미소를 지었다는 이야기가 나오지만 알다시피 모든 대승경전은 후대인들의 상상력이 만들어 낸 작품이다. 논어에도 공자께서 "빙그레 웃으셨다(哂之)"는 말이 나오지만 역시 후대인의 손질 부분에 속한다.

오히려 울음은 이러한 인물들에게서도 구체적으로 발견된다. 예수는 예루살렘을 굽어보며 "눈물을 흘리셨다"고 기록되어 있다. 공자도 안연의 죽음을 맞아 목 놓아 통곡하였다. 그러나 어디에서도 웃지는 않았다. 웃지 않은 그들의 생애는 웃음에 대한 우리의 생각을 새로운 차원으로 끌고 간다.

많은 사람들이 웃음에 긍정적인 의미를 부여하는 이유는 웃음의 대표적인 경우로 유머와 유화宥和를 먼저 상정하기 때문일 것이다. 두 경우에 있어서 확실히 웃음은 부인하기 어려운 긍정성을 띤다.

우선 유머를 보자. 유머는 웃음 중에서 가장 품위 있고 절제 있는 것으로 이해되고 있다. 실제 유머는 그것을 구사하는 사람에게서 균형미를 느끼게 하고 그 마음의 개방성과 탈속성을 느끼게 한다. 그런데 자세히 보자.

유머로서의 웃음은 본질적으로 우발적이 아니라 계획적이다. 유머가 일상적 대화에 등장하는 경위를 자세히 들여다보면 그것은 순간적이기는 하지만 매우 치밀한 계획을 거쳐 생산되고 있음을 알 수 있다. 말하자면 일상적으로 우리는 웃음을 기획하고 있는 것이다. 왜인가? 웃음이 가지는 나름의 효과를 겨냥하고 있기 때문이다. 그 효과는 무엇인가? 일언이폐지하여 그것은 무언가 틀이 깨어지고 외피가 벗겨지는 가운데에 발생하는 효과다. 말하자면 모든 순간을 죄어 오고 있는 일련의 제약을 떨치는 것이다. 그리고 그 순간 우리는 영혼의 해방을 느낀다. 그 점에서 웃음은 영지靈知의 순간이기도 하다. 섬광처럼 한 순간을 환하게 비추어 주기 때문이다. 그 섬광은 영혼에 육체가, 혹은 육체에 영혼이 충돌하면서 발생하는 것 같다. 생리학적으로도 웃음은 두 요소의 경계선이라 할 수 있는 횡경막의 경련 현상으로 정의된다.

그러나 모든 섬광은 존재론적으로 어둠을 전제로 하고 있다. 웃음도 마찬가지다. 웃음이라는 섬광은 결국 무료함과 서성임과 불안 그리고 몽매를 드러내어 주는 것이다. 여기에 웃음의 한계가 노출된다. 웃음의 짧음은 이 한계와 밀접히 관련되어 있다. 모든 종교는 잠시 갈증을 해소시켜 주는 이런 순간적 요소들에 대해 경계하고 있다.

문제는 그 점에 있다. 웃음은 그것이 계획된 것일수록 또 폭발성이 강한 것일수록 그것이 생산되었던 틀, 깨어지면서 웃음을 생산하던 그 틀이 원초적으로 우리를 조건 짓고 있었다는 우울한 사실을 확인시켜 준다. 웃음은 그 틀, 우리를 조건 짓고 있으면서 동시에 우리가 삶의 조건으로 받아들이고 있는 그 틀, 그 한계를 넘어설 수 없는 것이다. 오히려 한 사회에 있어서 지배적인 웃음의 유형과 그 빈발성은 그 웃음을 낳은 제 조건이 가지고 있던 속박의 강도를 드러낸다고 할 수 있다.

해학과 익살은 유머와 구별되는 영역처럼 보이지만 사실은 유머의 극단적 모습일 뿐이다. 조선조 말기의 해학은 그 점에서 매우 시사적인데 양반전은 그 대표적 문학이었고 춘향가는 그 대표적 음악이었다. 이미 실질을 잃어버린 권위와 규범들의 틀을 깨고 욕구와 금기들이 뛰쳐나올 때 해학은 성립한다. 그런 의미의 웃음은 어쩌면 작은 혁명들인지도 모른다. 깨부수고 나오는 일, 즉 탈각은 웃음과 혁명에 공통적인 요소다. 서편제의 능과 불능은 동학혁명의 능과 불능에 대응하고 있었다. 다만 혁명은 사회적인 불균형과 모순을 대상으로 하고 있는 반면 웃음은 한 개인의 순간순간의 경직과 방황 혹은 정체停滯를 대상으로 하고 있다는 점에서 차이가 있을 뿐이다.

유화로서의 웃음은 그 초점을 유머와 적잖이 달리하고 있다. 긴장과 서먹서먹함과 경계심이 존재하는 사회에서 웃음은 무엇보다 먼저 유화宥和로서 이해된다. 그러나 웃음이 유화를 의미하게 되는 인근에는 거짓이 깔려 있기 쉽다. 유화로서의 웃음은 그 이면에 적개심이나 최소한 타인에 대한 경계 내지 불안을 감추고 있는 경우가 많기 때문이다. 비굴한 웃음이라는 말이 바로 이 유화로서의 웃음에서 비롯된 말이다. 개인적인 경험이지만 때때로 나는 타인과의 대화중에 무의식적으로 웃고 있는 나 자신을 발견하고 화가 날 때가 있다. 자신의 웃음에서 비굴함이 발견되는 순간이다. 이 비슷한 경험을 김수영은 그의 시 「잔인의 초」에서 그려 내고 있다.

한 번 잔인해봐라
이 문이 열리거든 아무 소리도 하지 말아봐라
태연히 조그맣게 인사 대꾸만 해 두어봐라
마루바닥에서 하든지 마당에서 하든지
하다가 가든지 공부를 하든지 무얼 하든지

말도 걸지 말고—저놈은 내가 말을 걸 줄 알지
아까 점심때처럼 그렇게 나긋나긋할 줄 알지
시금치 이파리처럼 부드러울 줄 알지
암 지금도 부드럽기는 하지만 좀 다르다
초가 쳐 있다 잔인의 초가
요놈—요 어린 놈—맹랑한 놈—육(六)학년 놈—
에미 없는 놈—생명
나도 나다—잔인이다—미안하지만 잔인이다—
콧노래를 부르더니 그만두었구나—
너도 어지간한 놈이다—요놈—죽어라

비록 웃음이 아닌, 유화적 태도를 대상으로 삼고 있지만 적용되는 논리는 유화적 웃음에서와 다름이 없다. 이웃집 아이를 습관적으로 부드럽게 대하는 조그마한 행동에서 김수영은 자기 자신을 유화에 팔고 있다는 사실을 재빨리 인지한다. 그리고 스스로를 잔인하다 할 정도로 곧추세운다. 물론 유화 그 자체가 문제가 있어서는 아니다. 완벽한 신뢰와 이해에 있어서는 유화는 이미 존재하는 것이고 구태여 유화적 웃음도 유화적 제스처도 필요로 하지 않는 것이 원칙이다. 유화적 웃음이나 제스처는 스스로의 엄정성보다 관계를 더 중요시하는 본말도착에서 비롯되고 있다. 타인과의 관계가 지나치게 고려될 때 자아는 중심을 잃는다. 김수영은 그것을 견딜 수 없었던 것이다.

그러나 웃음이 순간적인 탈각이고 혁명이고 영지라면 그 순간 안에서나마 긍정적으로 해석할 모종의 요소가 있는 것이고 그것은 더 큰 어떤 모습의 한 단면일 수는 있다는 가정이 성립할 수 있다. 나는 여기에서 공자가 줄기차게 강조하는 즐거움(樂)과 기쁨(怡)을 말해 보고 싶다. 그것은 어떻게 말하면 웃음의 순간성에 잡히지 않는 영혼의 웃음은 아닐까. 이를테면 깨달은 자의 승리감은 순간에 그치지 않는 영원성의 웃음은 아닐까. 누가복음의 저 말, "지금 우는 자는 복이 있나니 너희가 웃을 것임이요" 할 때의 바로 그 웃음도 마찬가지다. 그때의 웃음은 소리 높은 순간성의 웃음이 아니라 소리 없는 영원성의 웃음으로 보인다. 누가복음은 그 웃음을 미래 시제에 위치시키는 방법으로 그 영원성을 표현하였다.

삶에 있어서 모든 인간적 유의미체가 갖는 성격처럼 웃음 역시 양가적인 것이다. 그것은 나아가는 것이면서 동시에 제자리걸음이고 또 가장 비판적인 견지에서는 나아가기를 거부하는 것, 오히려 퍼질러 앉는 것이다. 종교는 나아가는 것이 아닌 모든 성격을 받아들이지 않았고 그 점에서 웃음을 스스로의 사유체계 안에 받아들일 수 없었다.

결론은 그렇다. 웃음은 단순하게 좋은 것이 아니다. 모든 동물 중에서 인간만이 가지고 있다는 이 행위에는 인간의 고유한 꿈과 욕망 그리고 겁약과 속셈과 비굴이 뒤섞여 있다. 이 땅의 옛사람들은 잘 웃지 않는 것을 원칙으로 삼았다. 지금 사람들은 잘 웃는 것을 원칙으로 삼는다. 국회의원도 장관도 대통령도 지금은 대책 없이 웃고 있다. 만약 우리가 지금의 현실을 지양해야 할 어떤 이행적 단계의 하나로 이해한다면 잘 웃지 않는 것을 높이 사던 옛사람들의 판단이 옳았고 지금도 그렇게 하는 것이 더 바람직하다고 해야 할 것이다. 갈 길이 남아 있다는 점을 끊임없이 자각하고 있는 진지성 가운데에서는 웃음이 개입할 여지가 없다. 그럼에도 지금 사람들이 무작정 웃으려고만 하고 그것을 삶의 원칙처럼 받들고 있는 것은 결국 현세에 만족하고 현세에 자폐적으로 집착해 있기 때문이라 할 수 있다.

나는 웃음을 크게 신뢰하지 않고 체질적으로 반기지도 않지만 하루하루를 돌아보면 나 역시 웃는 순간이 많고 끊임없이 웃음을 생산하고 있다. 나는 그것이 웃지 않을 수 있는 단계가 가지는 크기와 무게와 엄숙성을 내가 감당하지 못하기 때문이라 해석한다. 영혼이 짓는 영원성의 웃음, 참된 지혜만이 확보한다는 기쁨과 즐거움을 내 것으로 할 수 있다면 나의 이 어정쩡한 태도도 좀 더 전일해질 수 있을 터이지만 나는 그렇게 하지 못하고 있는 것이다. 어쩌다 내 얼굴이 나온 사진을 볼 때가 있다. 그러면 대부분 웃어야 할지 말아야 할지 결론을 내리지 못한 상태에서 모든 표정이 기묘하게 일그러져 있다. 오가지 못하고 일그러져 있는 사진의 표정은 결코 웃어넘길 수 없는 내 삶의 처량한 자세를 고백하고 있는 것만 같다.

생명의 그늘

오래 전 일이지만 아내의 성화에 못 이겨 거실에 조그마한 수족관을 들여 놓은 적이 있었다.

수족관을 어항이라 부르던 시절에는 대표적 이미지가 둥근 유리항아리와 금붕어였는데 요즘은 사각진 유리관에 검은 모래와 흰 모래가 층층이 깔리고 치어를 키우는 작은 인큐베이터 관이 수족관 안에 따로 설치된다. 거기다가 전원을 연결해서 상시 산소를 공급하는 산소발생기가 딸리고 먹이는 물론 물을 소독한다는 무슨 약품까지 사야 하니 고기 키우는 일도 여간 복잡해지지 않았다.

아내의 주도로 설치된 수족관이었지만 정작 이 수족관에 코를 박고 수중 세계를 가장 열심히 지켜보는 사람은 아내도 아이도 아닌 나였다.

세 명의 영장류가 지혜 쓸 곳이 없어 심심하게 사는 이 서른 두 평의 공간에 어느 날부터 알록달록하게 생긴 어류들이 들어와 유영하고 있으니 어찌 흥미롭지 않겠는가!

놈들은 길이가 기껏 2~3센티에 불과했지만 화려한 외양으로 미루어 볼 때 어느 아마존 유역이나 폴리네시아 같은 곳에 원적을 두고 있음에 틀림없었다.

처음에는 그놈이 그놈이었는데 자꾸 보니 저마다의 개성도 드러났다. 어떤 놈은 공격적인 기질이 있어 무시로 이웃을 괴롭혔고 어떤 놈은 무리를 피하여 한쪽 구석에 처박혀 있기도 했다.

얼마 후 아내는 그 중에서 새끼를 밴 것으로 보이는 두어 마리를 여자다운 감식안으로 발견해서 재빨리 인큐베이터관으로 분리 수용시켰다.

과연 며칠 후 그들은 알을 낳았고 또 며칠 후 까만 눈 두 개가 선명한 치어들이 실오라기 같은 꼬리를 흔들며 제법 물고기 흉내를 내는 것을 보고 우리는 실로 경탄을 발하지 않을 수 없었다. 강아지든 고양이든 물고기든 생명체를 키운다는 것은 그 신비로운 생명상을 지켜봄으로써 우리가 동일한 생명체라는 사실을 공명현상을 통해 자각케 해주는 데에 그 묘미가 있는 것 같았다.

그러나 시간이 지나면서 생명체를 키우는 일이 경이로움만은 아니라는 사실이 드러났다. 물고기를 키우고 나서 얼마 되지 않아 하나둘 죽은 물고기를 건져 내는 일이 생기기 시작했다. 갑자기 어느 한 녀석의 동작이 시원찮아 보이더니 점점 비스듬히 몸을 누이고 다시 꼬리를 흔들어 몸을 세우고 그러다가는 다시 몸을 누이고 하는 것이 몇 번 반복되는데 그런 모습을 보이면 대개 그 이튿날쯤에는 한쪽 구석에 희뿌옇게 빛을 잃은 익사체가 수중을 떠다니는 것을 보게 된다. 심지어 어떨 땐 그 익사체를 산 놈들이 물어뜯어 끔찍한 모습을 만들어 놓기도 한다.

치어들의 사망률은 더 높다. 처음에는 인큐베이터 관 안에 제법 많은 조무래기들이 꼬리를 치는데 그 크기가 채 쌀알만큼도 되기 전에 잇달아 죽어나간다. 특히 치어들은 성어와 달리 별다른 예고도 없이 어느 날 아침 수족관 안을 보면 배를 위로 하고 떠다니곤 했다. 자연의 세계에서도 그렇지만 수족관 안에서도 치어가 성어로 자라 날 확률은 매우 적은 것 같았다. 내 기억에 그 수많은 알과 치어들 중에서 성어들의 공격을 받지 않을 만큼의 크기로 자라 인큐베이터 밖으로 내놓았던 것은 단 한 마리였고 그나마 얼마 지나지 않아 죽어 버렸던 것 같다. 이후 수족관을 드려다 보는 일은 점점 부담스러운 일이 되어 갔다. 개체 수는 현저히 줄어들었고 알을 낳거나 치어가 부화되는 모습도 거의 볼 수 없게 되었다.

어느 날 문득 나는 이 수족관 안에 생명을 키우고 있는 것이 아니라 죽음을 키우고 있는 것은 아닐까 하는 생각이 들었다. 수족관이 죽음의 관棺처럼 느껴지기 시작한 것은 단지 내가 별나서 그런 것만은 아닐 것이다. 작은 국자로 허연 사체를 건져내어 양변기의 소용돌이 가운데에 처리하는 일이 거듭되면 누구나 다 그런 느낌을 받을 것이다.

얼마 후 마지막 물고기가 죽었고 우리는 거실에서 수족관을 철거하고 말았다. 웅 하는 산소공급기 소리가 들리지 않는 거실은 한결 조용해졌다. 그 조용함은 수족관을 들여 놓기 전의 그것과는 달리 한 때의 수족들이 유영하고 잇달아 죽어간 지난 1년여의 부존재를 오랫동안 반영하고 있었다.

생각하면 이 세상 모든 생명은 그 탄생이 있고 종언이 있다. 수족관 가게의 떼 지어 유영하던 그 기기묘묘한 어족들도 언젠가는 다 죽는 날이 있을 것이다. 주인은 한창 생명력이 왕성한 놈들을 꺼내어 전시하며 팔고 있는 것이다. 정작 죽음을 지켜보는 것은 똑같이 그런 유영을 지켜보겠다고 물고기를 사가는 나 같이 평범한 사람들의 몫이다. 그리고 실제 나는 그 뻣뻣하고 어둡고 섬뜩한 죽음이 그림자처럼 다가와 수족관을 훑고 가는 것을 꼼짝없이 지켜보았던 것이다.

빈 수족관은 지금 대바구니며 못 쓰는 플라스틱 제품 따위를 잔뜩 담은 채 수년째 어두운 창고 한쪽에 처박혀 있다. 가볍게 유영하던 생명의 기억과 허옇게 배를 뒤집고 떠다니던 죽음의 기억을 두른 채.

생명과 그것이 드리우는 죽음의 그늘은 식물의 경우에도 마찬가지다.

아내는 화초를 좋아한다. 수족관은 한때의 호기심에서 시작하였다가 1년 만에 마감하였지만 화초 키우기는 아내의 변함없는 취향이어서 신혼 초부터 지금까지 베란다는 발 디딜 틈 없이 화분들로 빼곡하다. 이 화분들을 바라보는 것도 여느 식물원 등에서 잘 가꾼 기화요초琪花瑤草들을 바라보는 것과는 사뭇 다르다.

우선 대부분의 화초들은 매우 오래되었다. 아스파라가스 하나는 대학에 다니는 아이놈과 대략 나이가 비슷하다. 덩치가 가장 큰 관음죽도 만만치가 않다. 처음 그것은 퇴근길 아파트 올라가는 길가에 진열되어 있었는데 얇은 깜장 비닐 화분에 심겨진 그것은 거의 모종에 가까웠다. 그런데 그것이 지금은 둘이서 들지 않으면 안 될 정도로 큰 화분에 심겨 있는데 아래둥치에는 제법 징그러운 뿌리마저 드러내고 있다. 그러나 덩치만 컸지 이 관음죽도 대략 7~8년 전부터는 성장을 중지하고 있는 듯하다.

토양에 문제가 있거나 아니면 뿌리가 제대로 생장하지 못하는 화분 사정 같은데 게으름 탓이기도 하고 더 이상 큰 화분을 구하기가 마땅치 않은 탓이기도 하다.

동백 한 그루는 예전 살던 아파트의 옆집에서 키우던 것이다. 그 집에서 죽었다고 문밖에 내다 버린 것을 아내가 살려 보겠다고 가져온 것이다. 한쪽 가지가 완전히 죽어 잘라내느라 모양도 삐뚜름하게 기형적이었는데 어느새 새 가지가 이리저리 뻗어 지금은 제법 아담한 모양새를 갖추고 있다. 그러나 자세히 보면 역시 처음 문밖에 버려졌을 때의 상처를 가지고 있다. 남들이 보면 몰라도 우리 눈에는 피할 수 없는 상처다.

10년이 넘은 바킬라는 화초들 중에 가장 키가 큰 놈이다. 그런데 수없이 잎이 피고 지느라 지금은 길게 뻗은 가지들의 끝 부분에만 흉하게 생긴 이파리들 몇 낱이 달려 있다. 그 모습이 늙은 화초의 궁상을 감출 길이 없다. 몇 차례의 이사통에 이삿짐 차 속에서 가지가 부러지고 잎이 찢어지는 시련을 겪은 놈도 바로 이 키다리 바킬라였다.

거실 장식장 위에 올려져 있는 인삼벤자민도 마찬가지다. 처음 화원에서 이 단아한 화초를 보았을 때 튼실한 뿌리며 그 위에 알맞게 무성한 잎들은 상큼한 미인의 자태와도 같았다. 그런데 오랫동안 한 모양으로만 두었더니 지금은 잎들이 한쪽으로만 쏠려 반대쪽으로 돌려놓으면 흉하기가 이를 데 없다. 역시 아랫동치는 헐벗은 상태이고 위는 기형적으로 웃자라 그 옛날의 미인은 어디 가고 키와 허리만 껑충한 추녀가 되었다.

아내는 비교적 화초를 잘 키우는 편이지만 베란다는 온실과 달라 늘 완벽한 조건을 유지하기가 어렵다. 오랜 세월을 두고 키우다 보면 어느 땐가는 공연히 잎이 기형적으로 병들거나 누렇게 말라 떨어질 때가 있다. 그 시기를 지나면 다시 잎이 무성해지기도 하지만 아무래도 그런 굴곡을 거듭하다 보면 늙은 화초로서의 꺼칠함을 내보이게 된다.

때때로 잘 진열된 꽃나무 가게 앞을 지나다 보면 궁색스럽게 변한 그동안의 화초들을 버리고 요녀처럼 앙증맞게 도사리고 있는 새 화초를 들여 놓고 싶은 충동을 느낄 때가 있다. 그러나 아내도 나도 이 비틀어지고 궁상스런 식물들을 도저히 버리지 못한다. 어쩌다가 아주 큰 마음을 내어서 도저히 볼품없이 되어버린 화초 두엇을 과감히 처단한 적이 있었으나 그때마다 마음이 매우 좋지 않았다.

우리는 오늘도 이 화초들에 물을 주고 산다. 물고기들은 잠시 살다가 사라져 갔지만 이 식물들은 생명과 죽음이 뒤엉킨 채로 내가 보기에는 산 것도 죽은 것도 아닌 상태로 버티어 가고 있다. 물을 주는 것은 이제 무슨 기화요초를 완상玩賞하자는 생각에서가 아니라 거역할 수 없는 의무감 때문인데 그 의무감이 어디에서 비롯되는지 딱히 꼬집어 말할 수가 없다. 사는 이유를 꼬집어 말할 수 없는 것과 같은 것이 아닌가 한다.

돌이켜 보면 우리도 거역할 수 없이 늙어 가고 있다. 아내의 얼굴이나 내 얼굴이나 세월이 지나간 자국을 숨길 수는 없다. 아직은 마라톤 코스를 거뜬히 완주하고 평행봉을 열 개나 할 수 있다고 큰 소리는 치지만 몸은 현저히 유연성을 잃고 있다. 아침에 일어나 잠이 덜 깬 상태에서 비틀걸음으로 화장실을 갈 때 특히 그것을 느낀다. 언젠가 나도 이 간단한 행동을 제대로 가누지 못할 날이 올 것이라는 것을 느낀다. 잠이 덜 깬 상태의 내 비틀걸음 속에 이미 그 한 자락이 스며와 있는 것을 이지에 앞서 몸이 먼저 느끼고 있다. 저 무성한 이파리들 아래에 피할 수 없이 와 있는 세월의 거칠음, 저 알 밴 물고기의 뱃속에 도사린 숱한 죽음들, 이제 이런 것들이 별로 낯설지 않다.

얼마 전 김지하는 그의 시에서 "죽음이 선풍기 근처에 와/빼꼼히 날 쳐다보고 있다"는 표현을 썼다. 생각하면 그도 이미 고령이다. 이십여 년 전 명동성당의 한 집회에서 "인간은 자연적 죽음에 맞서 있는 존재가 아니라 인위적 죽임에 맞서 있는 존재입니다" 하고 기염을 토하던 모습을 돌이켜 보면 그도 역시 많이 바뀌었다는 생각을 아니 할 수 없다.

생명이 그늘을 가지고 있다는 것은 어쩌면 당연한 사실이다. 다만 그 당연한 사실에 접근하기까지 우리는 대부분 매우 긴 우회로를 걷고 있을 뿐이다. 나는 그 우회로의 어느 부분에 와 있을까? 생각해 보아도 감이 잘 잡히지 않는다.

며칠 전 베란다 끝에 있는 창고 문을 열었을 때, 잡동사니들을 담고 하얗게 먼지를 덮어 쓴, 오래 잊고 있던 수족관이 나로 하여금 이런 어설픈 상념을 안겨 주었다. 이 상념은 아직도 생명과 그늘을 분리시킨 채로 전개되고 있다. 그것이 하나의 실체처럼 균형된 모습으로 바라보일 때는 언제일까? 우습게도 그것이 요원한 것 같기도 하고 가까운 것 같기도 하다.

등촌동

옛날 살던 동네를 가보면 누구나 감회에 젖는다. 그것은 일정한 공간을 매개로 옛날과 지금이 한순간에 겹쳐짐으로써 발생하는 자연스런 정서적 반응일 것이다. 어제 나는 오래 전에 내가 살던 동네인 등촌동에 갔다. 일부러 찾아간 것이 아니라 목동에서 가장 가까운 산인 봉제산에 올라갔다가 욕심을 내어 능선을 따라 내쳐 걸어간 것이 결국 그 산의 북쪽 기슭을 타고 등촌동 주택가로 내려가게 되었던 것이다.

등촌동을 떠난 것도 아이가 초등학교 2학년 때였으니 벌써 10년이 넘었다. 그 후 다시 목동으로 이사를 와서 등촌동과는 사실 버스 두어 정거장 정도밖에 안 되지만 좀처럼 그쪽 방향으로는 갈 일이 없어 내게는 그동안 가깝고도 먼 곳이었다. 아니 몇 해 전에 한 번 간 적이 있기는 있었다. 역시 봉제산 등산길에

큰맘을 먹고 내쳐 간 것이었는데 그래도 그때는 옛 모습이 많이 남아 있었던 것으로 기억난다. 그러나 이번에는 달랐다. 내가 서 있는 지점이 어디인가를 아는 데에 여러 번 혼란을 겪었다. 내가 늘 다니던 강서시립도서관 건물을 바로 옆에 보고 있으면서도 전에 살던 집으로 가는 길을 찾지 못해 헤매기도 했다. 불과 몇 년 사이에 어쩌면 그렇게 많은 새 건물이 들어서고 새로운 가게가 등장하였는지. 하기는 그곳의 주요 지형지물 노릇을 하던 국군통합병원 자리에도 어느 사이에 아이파크 아파트 신축 공사가 한창 진행되고 있었다.

나는 동네 이곳저곳을 돌아보았다. 목감기를 유난히 자주 앓던 아이의 약을 지으러 종종 드나들던 건일약국은 이미 사라져 무슨 베이커리가 낯설게 들어서 있었다. 육교와 건너편의 낡은 제일은행 건물만이 이곳이 한때 우리 가족이 깃들어 살던 곳임을 말해 주고 있었다.

살던 집으로 가는 길목, K군이 경영하던 헌책방도 보이지 않았다. 사실 이 동네로 내려 온 데에는 그를 만나면 술이나 한 잔 할까 하는 생각도 있었는데 책방은 이미 생고기 전문점으로 바뀌어 있었다. 아이가 다니던 미도유치원이 아직 있었지만 옛날의 그 건물은 아니었다. 제법 넓던 유치원 앞마당과 놀이터에는 낯선 건물이 들어서 시야를 답답하게 가로막고 있었다.

나는 천천히 내가 살던 그 연립주택이 있는 골목으로 접어들었다. 역시 대부분 낯선 집들 사이에 몇몇 낯익은 건물들이 낡은 모습으로 박혀 있는 길을 따라 들어가니 내가 살던 연립주택은 아직 그 모습 그대로 자리 잡고 있었다. 창을 가리고 서 있는 주목도 여전했다. 이미 날이 어두워졌지만 창에는 불이 켜 있지 않았다. 불 꺼진 창문을 올려다보며 나는 옛날 안방 창문 아래에 배치되어 있던 경대며 텔레비전이며 이런 저런 가구들의 모습을 그려 보았다. 조금 작은 창이 달린, 아이가 자던 방의 창가에 장난감이며 동화책 같은 것들이 어수선하던 모습도 떠올랐다. 이 좁은 연립주택에 살 때 나는 음악이론에 취해 있었다. 어설픈 시론詩論을 쓰던 것도 이 작은 창가에서였다. 윗집에는 부부싸움을 자주 하던 사람들이 살았는데, 그 집 아이를 아이놈은 늘 형, 형 하며 무척이나 따르고 좋아했었다. 초등학교 5학년인가 하던 그 아이가 고등학생이 되어 골목길에서 담배 피우는 모습을 이웃들이 여러 번 보았다며 아무래도 아이가 나쁜 길로 빠지고 있는 것 같다는 소문을 아내를 통해 전해 듣던 것도 벌써 몇 년 전 일이 되었다. 그 집에도 불이 켜 있지 않았다.

돌아오는 길에 나는 샛별전기라고 하는 조그마한 전기 가게를 보지 못한 것이 생각났다. 그 부근에는 완전히 다른 커다란 아파트 단지가 들어서 있었던 것 같다. 그 조그마한 전기용품

가게에는 중학교 3학년이나 고등학교 1학년쯤 되어 보이는 아주 예쁜 여자아이가 있었다. 가끔 그 아이의 아버지가 자리를 비우면 그 아이가 나와서 물건을 내주곤 했는데 값을 잘 몰라 결국 아이 아버지가 올 때까지 기다려야 했다. 아내에게 괜히 그 아이 얘기를 했다가 형광등이라도 사러 갈 일이 생기면 "개 보러 가는 거지?" 하고 놀려 대기도 했다. 동네 길을 빠져나오며 나는 장만영의 시 「관수동」이 생각났다.

觀水洞

관수동 다리를 건너면 변전소의
드높은 빌딩이 있는 부근,
독을 파는 전방이 있고
담배 가게가 있고
모퉁이의 육고간을 돌아 골목길로 들어서면
바로 관수동 二十二번지.
담도 판장도 없이
길이자 뜰이요, 뜰이자 방인 집은
그 옛날
내가 순이와 외롭게 살던,

외롭게 살며 '祝祭'를 쓰던 곳.

오늘 이 앞을 지나가며

나는 소식조차 모르는 순이를 생각한다.

서로 사랑은 하고

그러면서도 이루지 못하고 헤어져 버린

나와 순이와의 사랑을 생각한다.

순이와 내가 살던 저 집에

지금은 누가 사는 것일까?

밖으로 녹슨 자물쇠가 잠긴 채

조용한 것이 빈집 같아라.

김동리가 장만영의 시 중에서 백미라고 평했던 시다. 장만영은 대표적인 서정시인이다. 솔직히 나는 요즈음도 줄기차게 양산되고 있는 저 서정시들을 별로 좋아하지 않는다. 더 나아가 대부분의 서정시는 정신 빠진 시라고 생각하는 편이다. 그러나 생각하면 서정은 시의 본령이다. 장만영의 서정시는 비교적 그 본령에 가깝다. 특히 관수동은 내가 스무 살 적에 읽고 남달리 마음에 갈무리해 두었던 시다. 이제 쉰이 넘어 그의 시를 다시 궁글려 보는 마음이 그때와 크게 다르지 않다는 것을 느낀다.

낡은 기억을 안고 어느 지점에 선다는 것은 언제나 마음을 아련하게 한다. 그것은 시간 속에 선 우리 존재의 무상함을 그 상황이 상기시켜 주기 때문일 것이다. 이 세상에 무엇 하나 변하지 않는 것이 있겠는가. 지금은 대학 진학 문제로 골머리를 썩이고 있는 아이놈은 바로 엊그제 유치원을 파하고 저 골목길을 조르르 달려오던 아이였다. 무릎 관절통을 늘상 호소하는 아내는 구차한 살림살이 속에서도 아이 손을 잡고 아빠 마중을 나가는 것이 마냥 행복하던 새댁이었다.

날이 완전히 저물어 옛 통합병원 앞 어두워진 가로수 길을 넘어가는 길목에서 나는 드디어 감당할 수 없는 애상에 휩싸이고 말았다. 온 세상이라도 다 적실 수 있을 것 같은 커다란 슬픔이 밀려 왔다. 그것은 사랑 같기도 하고 형언할 수 없는 안타까움 같기도 했다. 저 멀리 수정水晶처럼 솟아 반짝이고 있는 아파트군을 바라보며 나는 이 세상 모든 변화하는 것들, 모든 죽어 가는 것들을 축복하고 싶고, 사랑하고 싶고, 부둥켜안고 울고 싶었다.

어두운 고갯길을 피곤한 발걸음으로 걸어가고 있는 또 하나의 조그마한 어둠이 되어…….

달리기

종종 달리기를 한다. 과거에는 띄엄띄엄 했는데 요즈음은 거의 정기적으로 하고 있고 그렇게 한 지도 어언 1년여가 넘었다. 달리기를 하는 사람의 시작 동기는 대부분 건강관리일 것이다. 나이가 들고 몸이 찌뿌듯해지고 운동부족을 느끼면 대개 달리기 등의 운동을 시작한다. 나도 역시 그런 평범한 이유로 달리기를 시작하였다.

그러나 시작하는 것은 그렇다지만 달리기를 지속하는 것은 좀 다른 이유가 있는 것 같다. 나는 그것이 달리기 자체가 가지고 있는 어떤 매력 때문이 아닌가 한다. 엄밀히 따지면 매력이라는 말도 정확한 표현은 아니다. 매력이라는 것은 사람을 혹하게 하는 분명한 힘을 말하는데 달리기에 그런 힘이 있느냐고 묻는다면 확실히 그렇다고 말할 자신이 없다. 그 점은 술과 비슷한 데가 있다. 술을 전혀 마시지 못하는 아내는 내게 술이 그렇게 맛있냐고 묻는다. 그러나 술을 좋아하는 나도 과연 술이 맛있는지 어떤지를 모른다. 그런 것 같기도 하고 그렇지 않은 것 같기도 한데 어떨 땐 밤이 이슥하도록 정신없이 마셔 댄다. 달리기의 매력도 그런 측면이 있어 과연 그것을 매력이라고 불러도 될지 의문스럽다. 오래 그 매력의 실체를 알아보려 했지만 여전히 그 결과는 신통치 않다.

내가 느끼는 달리기의 매력 중 어렴풋이 잡히는 한 가지는 다름 아닌 공허다. 그러니 그것을 매력이라고 부르기는 어려울 것이다. 직장 생활을 하다 보니 주로 주말에 달리기를 한다. 주말 중에서도 토요일은 아무래도 잘 나서지 않게 되고 주로 일요일 오후 늦게 달리기를 하게 된다. 일요일은 나에게 있어 공허한 날이다. 아내는 교회에 가고 주로 혼자서 집을 지킨다. 책도 보고 글도 쓰고 텔레비전도 보고 인터넷도 기웃거리고 주전부리도 하지만 오후 3~4시 정도가 되면 이윽고 밀려오는 공허감을 어쩌지 못한다. 몸도 찌뿌듯해진다. 4시가 넘어 베란다의 화초에 내리는 일광도 광채를 잃게 되면 드디어 나는 주섬주섬 운동복을 챙겨 입고 집을 나선다.

달리기를 하러 나가는 그때 나는 늘 공허하다. 왜 달리는가? 목적이 없다. 도둑을 잡으러 가는 것도 아니고 누가 쫓아오는 것도 아니고 아테네의 병사처럼 전쟁 소식을 전하러 가는 것도 아니다. 하루 중 가장 공허한 시간에 가장 공허한 행위를 하기 위해 집을 나서는 것이다. 그래서 그런지 처음 뜀박질을 시작하려는 순간은 항상 어색하다. 근처에 누가 있을 땐 마치 내 행위의 공허함을 들킨 것 같아 공연히 민망해진다. 장소를 양천공원에서 안양천변으로 바꾼 다음부터는 이 황량한 벌판에 거의 사람이 없어 다행이지만 그래도 스스로 느끼는 어색함 만큼은 어쩔 수가 없다.

혼자서 허청허청 발걸음을 내딛을 때 나의 자의식은 나의 공허한 몸짓과 온통 겹쳐 있다. 보폭과 템포, 팔의 흔들림, 호흡, 근육의 긴장과 이완, 이런 모든 것들이 낱낱이 의식된다. 내가 달린다기보다는 육신을 억지로 가동시킨다는 표현이 정확할 것이다.

일단 천천히 달리려고 의도적으로 노력한다. 처음에 천천히 달리는 것은 어느 인터넷 사이트에서 본 전문가의 조언에 따른 것이다. 그는 처음 10분간을 권유했으나 나는 신정교 아래에서 시작해서 오금교를 지나 목동교 아래에 이를 때까지 약 2킬로미터에 걸쳐 대충 15분 정도를 그렇게 달린다. 내가 정한 것이라기보다는 반응이 느리고 심장이 튼튼치 못한 내 몸이 정한 것이다. 달리기에서 처음 15분은 매우 긴 시간이다. 그 15분 사이에 맥박은 점점 빨라지고 호흡은 턱에 차고 체온은 상승하는 등 신체는 급격한 변화를 보인다.

약 15분 후 땀이 나기 시작하고 몸은 드디어 달린다는 상태를 받아들인다. 호흡이며 맥박이며 혈류 따위가 보행상태를 벗어나 본격적인 주행상태로 진입하는 것이다. 아마추어적인 경험이지만 신체적 위험은 보행상태에서 주행상태로 전환하는 과정에 주로 걸쳐 있고 일단 주행상태가 되면 새로운 안정 단계에 들어서는 것 같다.

이 단계에서 확실히 많은 변화가 수반된다. 우선 서서히 보폭이며 템포며 팔의 흔들림, 호흡 따위를 잊어버리게 된다. 그것이 어느 정도냐 하면 종종 달린다는 사실 자체를 잊어버릴 정도다. 심지어는 내가 어디로 가고 있다거나 무엇을 하고 있다거나 하는 의식도 없어진다. 일상생활에서 호흡이 의식되지 않듯 달리기 자체가 의식되지 않는 것이다.

이 상태는 의식이 일상의 모든 염려로부터 해방되는 순간이기도 하다. 달리기 상태에서 우리는 염려의 자장磁場을 벗어나는 듯하다. 그것이 어떻게 가능해지는지는 알 수 없다. 달리기가 모든 염려를 집약한 다음 이윽고 흡수해 버리는 것 같은 느낌이다. 내가 아는 한 그런 자유나 해방은 여행 정도에서나 가능한 것이다. 엄밀하게 따져 보면 여행도 여수라는 멀고 추상화된 염려를 동반하고 있다. 여행의 묘미 자체가 인간사의 온갖 구체적인 염려를 그처럼 멀고 추상적인 것으로 전환시키는 데에 있다. 그러나 달리기는 그것마저도 삼켜 버리고 끊어 놓는 것 같다. 달리기는 저 염려의 중력을 끊어 내어 일정한 공백을 만들고 그 공백 지대에서 의식으로 하여금 특유의 명징성과 자유를 갖게 하는 것이 아닌가 한다.

그 원리를 알 수는 없지만 나는 그 기제가 자이로스코프와 흡사하다는 생각을 종종 한다. 자이로스코프—우리가 어렸을 적에 '지구팽이'라고 불렀던 것, 팽팽한 실이나 뾰족한 못 끝에 올려놓아도 쓰러지지 않고 돌아가던 그 철제 팽이를 연상하는 것이 과연 근거가 있는 것인지는 모르겠다. 다만 자이로스코프의 금속 원판이 맹렬한 속도로 돌아갈 때 오히려 자이로스코프 자체는 고요히 방향성을 유지하는 것이, 생각해 보면 뜀박질이 육체의 아슬아슬한 한계선을 따라 규칙적, 반복적으로 이어질 때 오히려 우리 의식이 탁 트인 명징성과 자유로움을 갖추는 것과 매우 닮아 있다. 설명하기는 어렵지만 양자 사이에는 어떤 연관성이 있는 것 같다.

상념이 엄습하는 것은 바로 그 어간이다. 그것은 마치 물안개처럼 의식의 명징한 수면 위로 퍼져 나간다. 그것도 표현이 그렇다는 것이지 딱히 의식의 명징성이 먼저고 상념이 나중이라 할 수도 없다. 어쩌면 몸을 잊게 되는 것이나 의식이 명징해지는 것이나 상념이 엄습하는 것이 모두 동시적인 것인지도 모르겠다. 어쨌든 그때의 상념은 하늘에 뜬 구름뭉치처럼 가볍고 독립되어 있으며 그 결은 매우 섬세하여 때로는 선미禪美를 느끼기도 한다. 또 그 전개는 경우에 따라 긴 독백이 되기도 하고 긴 글이 되기도 하고 긴 편지나 긴 이야기가 되기도 한다. 실제 내가 쓴 몇몇 글들은 바로 이 달리기 상태에서 배태된 것들이다. 양천공원을 돌 때 몇 바퀴를 돌았는지를 까먹게 되는 것도 바로 그때다. 아주 긴 시간이 흐른 것으로 느껴지는데 알고 보면 그렇지도 않다.

나는 이 상념의 상태에 '주선走禪'이라는 이름을 붙였다. 선禪은 원래 앉아서 하는 좌선坐禪이 기본이지만 누워서 하는 와선臥禪도 있고 걸으며 하는 행선行禪도 있다. 그러니 굳이 주선이 없으란 법은 없을 것이다. 그 상념의 순간이 모든 것으로부터 나를 끊어 주는 것을 생각하면 그 정도의 이름이 결코 외람되지는 않을 것 같다.

어쨌든 그때가 가장 행복한 느낌이 든다. 나는 마치 인간 자이로스코프가 된 듯하다. 물론 그런 행복한 느낌도 반성의 결과다. 정말로 몰입해 있을 때에는 그런 느낌도 들지 않을 것이다. 그 점 때문에 달리기는 이 세상 그 어떤 바쁜 일보다 분주하게 움직이는 것이면서도 내게는 한없이 고요한 행동으로만 느껴진다.

마지막 염창교의 육중한 교각을 돌아나가면 이윽고 한강이 나온다. 거기서부터는 풍경이 사뭇 다르다. 안양천에 비하면 한강은 바다처럼 넓어 보인다. 낚시질을 하는 모습이 보이고 "어느 날 한강에 잘못 날아든" 황지우의 갈매기도 보인다. 강 건너에는 높이 솟은 난지도의 하늘공원, 그 옆의 월드컵 경기장 모습이 눈에 들어온다. 또 그 위로는 멀리 북한산의 늠름한 위용도 자리 잡고 있다. 전에는 거기서 잠시 호흡을 조율하고 스트레칭을 한 후 다시 되돌아왔다. 그러던 것이 얼마 전부터는 우회전하여 한강을 끼고 달려 여의도까지 갔다가 온다. 20킬로미터가 훨씬 넘는 거리로 시간도 두 시간 이상이 걸린다. 한강변 자전거 도로는 안양천의 자전거도로와는 달리 사람이 많고 또 인라인 스케이트를 타는 다수의 젊은이들을 피해서 달리지 않으면 안 된다. 주선을 유지하기는 어렵지만 대신 젊은 커플들의 행복한 모습을 비롯하여 휴일을 맞은 소시민들의 느긋한 여유를 보는 것이 좋다.

안양천으로 다시 들어오면 풍경도 다시 황량해진다. 인적은 뜸해지고 쓰러진 잡초들은 어지럽다. 지난 일요일에는 그 돌아오는 길목에서 우연히 갈대밭을 태우는 광경을 목격했다. 누가 불을 질렀는지 사람은 보이지 않는데 자전거 도로 옆에 축구장 만큼이나 크게 조성된 갈대단지에서 백여 미터를 이어 가며 군데군데 불길이 치솟고 있었다. 나는 이 장관 앞에서 걸음을 멈추어 서지 않을 수 없었다. 겨우내 쓰러지지 않고 새까맣게 오염에 젖은 대가리를 흐느적이며 서 있는 갈대군을 볼 적마다 나는 풍장風葬이 생각나곤 했다. 그런데 이제 드디어 화장火葬이다. 매운 연기와 검은 갈대재가 날리는 속에서 나는 무슨 영감과도 같은 불꽃의 화무火舞에 넋을 빼앗기고 있었다. 문득 바그다드 시내에서 치솟던 불길이 생각나고 울음을 터뜨리던 아이의 눈망울이 생각나서 나는 다시 뛰기 시작했다. 검게 불탄 저 자리에도 이제 얼마 후면 새 갈대순이 올라올 것이다.

멀리 바벨탑처럼 한껏 치솟은 하이페리온 건물이 보이면 거의 다 온 것이다. 비로소 다시 공허감을 느낀다. 저물어 가는 벌판은 더욱 공허하다. 결국 내가 한 것은 일요일 오후 공허한 시간대에 그보다 더 공허하게 육신을 학대하고 짓이기고 온 것이다. 언덕비탈의 벤치에 파김치처럼 늘어진 몸을 걸치고 앉아 안양천의 느릿한 물길을 바라보고 있으면 삶의 허무함과 무상함이 울분처럼 가슴에 치밀어 온다.

달리고 달려 결국 부처님 손바닥 안이다. 나는 나의 공허 안에서 맴을 돈 느낌이다. 어느새 다가온 어스름 속, 제방 건너 즐비한 아파트 창에는 불들이 켜지고 있다. 20대 초반 허무감에 무척 시달리던 시절이 있었다. 그래서 니체를 찾았고 키르케고르에 탐닉했었다. 다행인지 불행인지 20대를 벗어나면서부터 나는 그런 느낌을 거의 갖지 않고 살아왔다. 정신없이 달려 온 세월을 뒤로 하고 나는 왜 새삼 이 고비에서 삶의 허망함을 느끼고 있는가.

그런 느낌을 전혀 받지 않고 살던 삼사십대에 나는 삶의 허망함에 빠져 있는 인식은 아직 삶의 진정한 의미를 찾지 못한 탓이라 믿었다. 의미의 햇살이 비칠 때 무의미는 안개처럼 스러진다는 단순한 논리를 의심하지 않았다. 그것은 어느 정도는 내가 받아들인 기독교적 세계관 때문이었을 것이다. 그러나 지금 나는 이 허망함을 구태여 타개할 무엇으로 규정하지 않으려 한다. 그것은 무엇이 참인지를 따지기 전에 이 순간 나의 의지가 그것을 받아들이고 있기 때문이다. 마치 허망함도 삶의 자산이나 되는 것처럼 의미와 구태여 맞세우지 않고 그 곁에 나란히 자리잡게 하는 이 변화가 단지 나이 탓만은 아닐 것이다.

먼 데서는 어스름을 잊은 채 공을 차는 아이들의 외침이 아련하게 들린다. 달리기가 무엇인지, 그 매력이 무엇인지 알 듯하다가도 결국 다시 모르겠다. 어쩌면 그 공허한 몸짓이 공허한 우리의 삶을 은유하기 때문은 아닌가 하는 생각을 해본다.

오랫동안 김수영의 시 「풀」이 주는 매력의 정체를 생각해 보았다. 나뿐만 아니라 많은 사람들이 그 매력의 비밀에 도전하였고 또 이런저런 답을 내놓았지만 모든 사람들의 동의를 얻지는 못하고 있다. 얼마 전부터 나는 그의 풀이 존재 자체에 대한 시늉, 미메시스라는 생각을 해보고 있다. 존재하는 모든 것의 운명, 생명의 몸짓, 인간의 삶 그 자체를 풀의 존재와 동작으로 그리고 있는 것이 아닐까. 그것은 외연이 너무 커서 개념화하기 어렵지만 우리는 거울에 비친 우리의 얼굴을 보듯 그의 시 「풀」을 통하여 우리 존재의 운명, 우리 삶의 모습을 고즈넉이 보고 있는 것이 아닌가.

풀이 눕는다.
비를 몰아오는 동풍에 나부껴
풀은 눕고
드디어 울었다.
날이 흐려서 더 울다가
다시 누웠다.

풀이 눕는다.
바람보다도 더 빨리 눕는다.

바람보다도 더 빨리 울고
바람보다 먼저 일어난다.

날이 흐리고 풀이 눕는다.
발목까지
발밑까지 눕는다.
바람보다 늦게 누워도
바람보다 먼저 일어나고
바람보다 늦게 울어도
바람보다 먼저 웃는다.
날이 흐리고 풀뿌리가 눕는다.

풀은 단지 눕고 울고 일어나고 웃고 다시 누울 뿐이다. 그의 시를 보고 있으면 팬터마임을 보고 있는 듯하다. 가시적인 의미를 보려 하기보다 차라리 팬터마임을 보듯 다가오는 것만을 받아들일 때 이 시의 의미가 더 가까이에서 느껴진다.

달리기에서도 나는 그 비슷한 미메시스를 가정해 본다. 달리기의 매력 또한 그 어간에 있는 것이 아닐까. 끝없이 쫓아가고 쫓기는 우리 삶의 무상한 동작에서 추상抽象한 한 시늉으로서의 달리기도 나 자신만을 외로운 관객으로 앉혀 놓고 펼치는 팬터마임 같다. 눕고, 일어나고, 나부끼고, 다시 눕는 풀의 저 무상한 동작이 갖는 상징성만큼이나 달리기의 상징성은 포괄적이다. 짧은 이지를 동원하여 그것이 좀 더 구체적으로 무엇일까 하고 생각하면 도무지 잡히는 것이 없다가도 지쳐 늘어져 오래 바람을 맞고 있으면 몸의 아득한 운산 끝에 무언가가 잡혀지는 것도 같아 나는 오늘도 달리기를 하는 것 같다.

성숙, 그 잃어버린 차원

너희들과 함께했던 저 후끈거리던 늦더위도 가고 이제 이곳은 가을이 왔다. 나는 너희들을 보내고 더 먼 미래에서, 너희들을 인류라는 더 큰 테두리를 통해, 평화와 사랑과 존엄의 이름으로 늘 다시 만나고 있다. 그것이 너희들이 나에게 주고 간 선물이다. 내 침대 머리맡에 써두고 간 조그만 메모 쪽지 속 "Good night Emobu!"와 더불어 말이다. 사랑스런 미국의 에스더야. 데이빗아. -「에스더와 미국」

에스더와 미국

에스더의 미국

결혼 생활이 20년이 훨씬 지났지만 나는 아직도 아내의 바로 위 언니를 만나 보지 못하였다. 우리가 결혼하기 수년 전에 미국으로 이민을 갔고 비행기를 잘 타지 못하는 건강 사정 때문에 처형은 한 번도 한국에 오지 못했다. 10여 년 전 내가 한 차례 미국에 간 적이 있지만 그때는 나를 만나러 멀리 켄터키까지 와주었으나 내가 일이 바빠 아내만 두고 서둘러 귀국하는 바람에 역시 만나지 못하고 말았다.

그런데 그녀의 딸 에스더가 얼마 전, 아르바이트 한 돈을 모아 한국을 찾아왔다. 미국에서 태어나 한 번도 한국 땅을 밟아 보지 못한, 우리 나이로 스물여섯 살의 순전한 메이드 인 유에스에이 처녀를 '조국을 대표하여' 맞는 입장은 참으로 묘했다.

나를 "이모부" 아닌 "emobu"로 부르는 이 예쁘고 날씬하고 까무잡잡한 아이는 2주일 동안 우리 집에 머무르며 이 지구촌 시대 어느 곳에서나 진행되는 문화의 충격과 재발견의 구체적 모습을 연출해 주었다.

이 아이가 와서 머무르는 동안 있었던 갖가지 에피소드 따위는 구태여 소개할 필요가 없을 것 같다. 다만 나는 이 아이가 한국의 이모집에 가보겠다고 부모를 조르고 있다는 이야기를 듣던 때부터 거의 사명감에 가까운 부담을 느꼈던 것은 사실이다. 나는 이 아이가 백인들의 사회에서 황인종으로 자라며 느꼈을 마음의 곡절을 헤아려 보아야 했고 말로만 듣던 엄마 아빠의 고국, 코리아에 대한 기대와 환상을 내 자신의 기대와 환상처럼 설정해 보기도 했다. 아내는 "대충 데리고 있다가 보내면 된다"고 방문 일정을 이리저리 짜보느라 골머리를 썩이는 나에게 핀잔을 주었지만 아내는 내가 가진 이 별난 민족적 사명감을 이해하지는 못했을 것이다.

어쨌든 이 아이를 데리고 이곳저곳을 구경시키느라 한여름에도 별로 타지 않았던 얼굴이 가을볕에 까맣게 타도록 나는 정성을 기울였다. 경복궁의 구석구석을 안내하고 공주의 어느 밤 농장에서 알밤 줍기 체험도 시켜 주고 어느 바닷가 수목원에도 데리고 갔다. 아이는 한없이 명랑했다. "이모부, old 안 해요. 우리 아빠보다 훨씬 더 young해요" 하며 우리말과 영어를 섞어 가며 나를 추켜 주어서가 아니라 이 아이는 정말 내 마음에 쏙 드는 것이 그 티 없이 맑고 투명한 마음 때문이었다. 사실 티 없이 맑고 투명한 것은 마음이라기보다 모든 것이었다. 아이에게는 마음과 눈망울과 몸과 영혼이 아무런 구별도 없이 서로 똑같은 의미와 역할로 일관해 있는 것 같았다. 그 점이 내가 보기에는 그 아이가 내 집에 몰고 온 문화적 충격이었다.

2주일 동안 머물고 아이가 떠난 후 한동안 나는 이 아이에 대한 miss(없어서 서운하다)에 빠졌다. 매일 아침 듣던 그 명랑한 "굳모닝"이며 "하이 이모부", "굳나잇 이모부" 하던 인사말이 한동안 귓전을 맴돌았다. 마치 어렸을 적, 열린 창문을 통해 방안에 날아든 작은 새 새끼가 이곳저곳을 파닥이며 재재거리다 떠난 것처럼 허전했다.

이제 그 아이가 돌아가 미국의 처형과 동서(이 양반 역시 만나보지 못한!)에게 이곳 이야기를 역시 재재거리며 들려준 이야기가 다시 자매들 사이의 수다스런 국제통화를 거쳐 내 귀에 들리는 단계에서 그간의 짧은 경험은 또 다른 모습과 논리로 정리가 되어 가는 것을 느낀다.

사실 나는 미국이라는 나라의 국력을 별로 부러워하지 않았고 지금도 그러하다. 빌 게이츠가 얼마나 돈을 벌었든, 핵무기를 얼마나 보유하고 있든, 달나라를 가든 별나라를 가든 부럽지도 무섭지도 않다. 그러나 미국 땅에서 태어난 조그마한 황인종 아이를 저토록 깔끔한 처녀로 키워 내고 저토록 순수한 의식과 생각과 예의범절로 육성해 낸 미국은 솔직히 부럽다. 그리고 미국이 비록 내리막길에 있다고는 하나 정치, 사회, 경제, 군사에 걸친 한 국가의 힘은 한 인간을 육성하는 그 나라 문화의 총체적 힘에 의해 뒷받침된다는 것을 생각할 때 아직은 무서워해야 할 나라임에 틀림없는 것 같다.

미국의 에스더

미국에 사는 에스더가 3년 만에 다시 한국에 왔다. 이번에는 혼자 온 것이 아니라 남동생 데이비드를 데리고 왔다. 에스더로서는 두 번째 한국 방문이지만 데이비드는 태어나서 처음이다. 데이비드는 우리 나이로 스물네 살. 최근에 누나가 다니는 보잉사에 취직을 하였지만 아직 월급을 받지 못해 비행기 값은 누나인 에스더가 모두 부담해 주었다고 한다.

지난번 에스더가 혼자 나왔을 때나 이번에 남매가 함께 나왔을 때나 나는 아이들이 부모들로부터 아무런 구체적인 종용을 받지 않았음에도 저희들 스스로 부모의 나라에 대한 관심만으로 찾아온다는 것이 말할 수 없이 기특했다. 약 2주일 간의 방문 일정에 공교롭게 추석이 끼어 있어 나는 일찌감치 시골 형님에게 이번 추석에는 내려가지 못할 것임을 통고하고 이 아이들을 데리고 다닐 여행 일정을 짜느라 3년 전과 마찬가지로 골몰했다.

다시 만난 에스더는 조금도 변함이 없었다. 그녀도 이젠 우리 나이로 스물아홉이 되었지만 내 기억 속에서나 다시 만난 자리에서나 그녀는 여전히 이제 막 소녀티를 벗고 있는 귀여운 아가씨였다. 그녀는 나를 보자마자 거침없이 목을 끌어안고 포옹을 하여 반가움을 표했다. 데이비드는 건장한 청년이었다. 더 이상 어렸을 적, 미국에 갔던 우리 형식이와 어울려 사진 속 소파 위에서 난장을 치며 놀던 그 개구쟁이가 아니었다. 체재 기간 내내 서툰 한국말로 얼마나 싱겁게 웃기는지 우리는 데이비드 때문에 수없이 배꼽을 잡아야 했다.

이 아이들과 처음으로 간 곳은 용인에 있는 민속촌이었다. 가장 한국적인 모습을 보여 주고 싶었는데 이제 그런 모습은 이런 전시 공간 이외는 거의 남아 있지 않았기 때문이다. 아이들은 한국 드라마에서나 보던 전통가옥이며 정경들을 눈앞에서 보고 있다는 것이 무척 신기한 모양이었다. 너무나도 많은 까만 머리의 사람들도 사뭇 신기하단다. 아이들은 토담이며 처마 밑

강냉이 자루 같은 조그마한 모습에도 일일이 카메라를 들이대느라 정신이 없었다.

나의 서툰 영어와 아이들의 서툰 한국어 탓에 깊이 있는 대화는 나누기 어려웠지만 오랜 시간을 함께하는 가운데 나는 조금씩 이 아이들의 생각과 정서를 엿볼 수 있었다. 내가 가장 분명하게 느낀 것은 한국인과 조금도 다름없는 외모에도 불구하고 이 아이들은 미국인이라는 사실이었다. 이미 아이들의 국적은 미국이었고 국가관, 사회관 등 모든 것은 미국의 그것이었다. 3년 전 에스더가 혼자 나왔을 때는 별로 느끼지 못했던 감정이다. 그것은 아무래도 데이비드가 사내 녀석이다 보니 소소한 대화에서도 국가나 사회에 관한 이야기가 더 많이 나왔던 데에 기인하였을 것이다. 이를테면 어느 날 저녁 텔레비전 뉴스를 보던 중에 김정일의 와병설이 보도되자 데이비드는 갑자기 화면을 가리키며 "나쁜 사람"이라는 말을 했다. 나는 호기심이 동하여 왜 그를 나쁜 사람이라고 생각하느냐고 물었다. 데이비드는 진지한 표정을 짓더니 자기 나라 사람들을 힘들게 하지 않았느냐고 말했다. 북한의 빈곤을 지적하는 것 같았다. 내 표정에서 긍정도 부정도 발견하지 못하자 데이비드는 더 진지한 표정으로 이모부는 김정일이 핵무기를 만드는 것이 걱정이 되지 않느냐고 되물었다. 나는 대부분의 한국인들은 김정일이 핵무기를 만들었다고 해서 크게 걱정하지는 않는다고 했다. 그 말에 대해서는 아내도 맞장구를 쳤기 때문에 데이비드는 적이 혼란을 느끼는 모양이었다. 나는 한국인들은 김정일이 오히려 미국의 공격을 두려워하여 대응차원에서 핵무기를 개발하였다고 본다며 짧게 부연설명을 했지만 그래도 데이비드는 잘 납득이 되지 않는 표정을 지었다. 아이들은 다음 선거에서 공화당을 지지할 것이라고 망설임 없이 견해를 밝혔다. 독실한 기독교 가정에서 자란 아이들이라 전통적 도덕을 강조하는 공화당을 지지하는 것은 하등 이상할 것이 없었다. 세계 경영에서 미 공화당 정권이 보여 준 일방주의는 아이들에게 큰 관심사가 아니었을 것이다. 아이들과 내가 서로 다른 자리에 서 있다는 사실이 자각되면서 마음속에서 다소간의 혼란이 느껴졌다.

그 혼란은 이튿날 서울 한복판을 보여 주기 위해 광화문에 들렀을 때 좀 더 분명한 모습으로 나타났다. "저것이 이순신 장군의 동상이다. 약 4백 년 전 일본과의 전쟁 때 navy를 이끌어 승리한 장군이란다." "저기 멀리 있는 것이 광화문이다. Chosun Dynasty의 왕이 살던 Palace의 main gate란다." 그리고 차들이 분주하게 오가는 광화문 거리를 우두커니 바라보다가 나는 쓸데없는 말 한마디를 아이들에게 더 들려주고 말았다.

"About fifty years ago, so many students were killed at this place……by armed police."

고개를 돌려 아이들의 표정을 훔쳐보았지만 나는 아무것도 읽어 낼 수 없었다. 왜 죽였느냐는 질문조차 하지 않았기 때문에 나는 더 이상 이야기를 꺼내지 못했다. 이미 50년 전의 일! 무엇을 바라 내가 이 아무것도 모르는 아이들에게 다 잊혀진 시절의 이야기를 들려주려고 애를 쓰고 있는지 나도 모를 일이었다. 어쩌면 애초부터 그것은 꼭 들어 주기를 바라지도 않은 혼잣말이었을까? 마음속의 혼란은 묘한 슬픔으로 바뀌었다. 며칠 후 아내와 아이들을 데리고 천안의 독립기념관을 찾아갔다. 그때까지도 나는 그 슬픈 느낌의 여운 속에 있었던 것 같다. 독립기념관—사실 나는 이 곤혹스러운 장소를 오랫동안 의도적으로 회피하고 있었다. 지난해 우연히 한번 들른 적이 있어 처음은 아니었지만 이곳은 나에게 즐겁지도 자랑스럽지도 심지어 숙연하지도 않은 장소였다. 반세기가 훨씬 지났지만 식민지 시대는 우리들에게 여전히 '소화되지 않은' 시대다. 그 시대가 끝나고 나서 태어나 반세기가 넘게 산 나 같은 사람에게도 그 시대는 여전히 소화되지도 않고 구토되지도 않으면서 신물만 돌게 하는 거북살스러운 역사의 취식물로 뱃속에서 꿈틀거리고 있는 것이다. 그런가 하면 바로 그런 상태로 한켠에서는 또 잊혀져 가고 있다. 평일이었고 날씨가 무덥긴 했지만 방문객은 거의 없었다. 50여 명이 타는 내부순환열차를 우리 네 사람이 전세를 낸듯 탔다.

모든 전시물 역시 소화되지 않은 단말마적 모습 그대로 전시되어 있었다. 나는 전날 광화문에서의 그 우스꽝스런 모습을 반복하지 않기 위해 최대한 말을 자제하고 있었다. 다행히 아이들은 별로 물어보는 것이 없었다. 단지 도산 안창호 선생의 사진 앞에서 "내가 좋아하는 사람"이라고 말했을 뿐인데 이번에는 에스더가 왜 좋아하느냐고 물었다. 나는 복잡하기도 하고 표현하기도 어려워 다시 입을 다물고 말았다. 또 다른 전시실에 들르니 안중근, 이봉창 같은 의사들의 입상이 나열되어 있었다. 나는 너무 가만히 있는 것이 뭣하여 안중근 의사를 가리키며 "일본 총독 이토 히로부미를 죽인 사람"이라고 짧게 토를 달았다. 이번에는 아이들이 아무 말도 하지 않았다. 순간 나는 아이들이 그를 '테러리스트'로 받아들이고 있다는 사실을 직감하였다. 무어라고 설명할 것인가? 이미 그 현실은 아이들의 현실이 아닌, 아무런 맥락도 닿지 않는 옛적, 머나먼 파 이스트(far east)의 복잡한 국제역학의 한 자락이었을 뿐이다. 아이들이 알 필요도 없었고 그들의 앞으로의 삶에 도움이 될 것도 아니었다. 나는 다시 입을 다물고 말았다.

떠나기 전 날 에스더는 책꽂이에 꽂힌 비디오테이프 몇 낱을 보더니 한국 영화를 한편 보여 달라고 졸랐다. "이모부, 〈사운드 오브 뮤직〉 좋아하세요? 저는 그 영화 너무너무 좋아해요." 그 말 때문에 나는 결국 아무것도 고르지 못했다. 얼마 되지 않는 한국 영화 중에는 그들의 너무나도 건전하고 착한 심성에 좋은 추억으로 남을 만한 영화가 없었던 것이다. 마침 텔레비전에서 영화 〈식객〉이 방영되고 있었기 때문에 우리는 그 영화를 보기로 하였다. 군데군데에서 아이들은 문화적 혹은 역사적으로 잘 이해가 되지 않는 부분에 대해 물었고 나는 그럭저럭 배경을 설명해 주었다. 영화의 마지막이자 클라이맥스는 대령숙수의 칼을 소장하고 있던 일본인이 주인공의 작품(육개장)이 바로 순종 임금께서 눈물을 흘리며 드셨다는 바로 그 소고기탕임을 입증하는 일련의 웅변이었다. 아이들이 그 장면을 잘 이해하지 못하는 것은 당연한 일이었다. 에스더가 무슨 말이냐며 눈을 반짝이며 물었다. 나는 어떻게 말해야 할지 몰라 잠시 머뭇거렸다. 어차피 긴 이야기를 그대로 전할 수는 없는 상황이었다.

"육개장은 우리나라 민중들이 먹는 평범한 소고기탕일 뿐이야. 그 평범한 소고기탕에 조선의 모든 것이 들어 있다고 본 것이지. 묵묵히 밭을 가는 소는 조선의 민중을 비유하고 있고 매운 양념은 조선인의 의지를 비유하고 있대. 나라를 잃고 상심한 임금에게 대령숙수는 평범한 육개장을 끓여드려 영원히 끝나지 않을 조선의 정신을 말씀드렸다, 그런 말이야."

원작이 만화였듯 만화적 요소가 과장되게 반영되어 있는 이 영화를 아이들이 어떻게 받아들였는지는 알 수 없는 일이었다. 나의 더듬거리는 설명에 에스더는 얌전히 고개만 끄덕였다. 그러나 나는 이제 그날 광화문에서처럼 그런 상황을 강박적으로 받아들이지 않고 있었다. 슬픔 같은 것도 없었다. 마음이 편했고 아는지 모르는지 눈만 초롱거리며 앉아 있는 아이들이 그저 사랑스러워 보였다. 내가 생각하기에도 놀라운 변화였다.

이튿날 아이들은 인천공항을 통해 미국으로 떠났다. 나는 시간을 낼 수 없었기 때문에 배웅은 아내가 맡았다. 아이들은 공항을 떠나며 전화를 해서 번갈아 인사를 했다. "이모부 고마워요. 이모부 미국에 꼭 한번 오세요. 이모부 데이비드가 이모부

쿨가이래요. 이모부 많이많이 생각날 거예요." 아이들은 진심으로 헤어짐을 서운해했다.

아이들이 떠나고 되돌아 온 일상은 전보다 더 조용했다. 추석을 넘기자 직장은 여러 가지 일들을 한꺼번에 추진하느라 부산하게 움직였고 미국발 금융위기 속에서 국내 신문은 대문짝만한 활자를 연일 박아 내고 있었다. 그러나 세상은 왜 이리 조용하게만 느껴질까. 나는 내가 더 늙어 버린 것 같기도 하고 훨씬 초연해진 것 같기도 했다. 마치 타임머신을 타고 아주 먼 시간과 장소를 체험하고 돌아온 것처럼, 그래서 아직 시차적응이 덜 된 것처럼 멍한 느낌에 젖었다. 가끔 아이들이 생각났다. 해맑고 구김살 하나 없는 모습으로 금방이라도 옆에서 이모부, 이모부 하며 무슨 말을 걸어 올 것 같다.

에스더야. 데이비드야. 너희들이 다녀간 것이 무슨 꿈결 같구나. 너희들과 지낸 시간이, 그리고 기억 속에 해맑게 남아 있는 너희들 모습이 내게는 마냥 행복하단다. 엄마 아빠가 살았던 고국, 그리고 그곳에서 아직도 살고 있는 이모와 이모부, 한결 같이 검은 머리의 사람들을 보고 갔던 기억은 이제 너희들 생애에 좋은 추억으로 남겠지. 부디 행복하거라. 꿈의 나라, 자유의 나라 미국에서 너희들의 삶에 다가오는 미국적 삶의 몫을 열심히 살렴. 그리고 태평양의 파도를 넘어 이곳 '파 이스트'의 조그마한 반도에 살면서 늙어 갈 이모와 이모부 그리고 검은 머리의 사람들을 기억해 주렴. 이곳에는 이곳만의 피할 수 없는 역사의 몫이 있단다. 지구상의 어느 곳인들 그렇지 않겠느냐. 행복한 땅, 축복받은 땅 미국과는 달리 이 지구상에는 감당할 수 없는 역사의 짐을 지고 있는 나라들이 많단다. 내가 너희들에게 이 땅을 설명하기 어려웠듯 이라크라든지 노스 코리아라든지 실타래처럼 복잡하게 뒤엉켜 설명은커녕 미국적 시야에 다 비춰 주기조차 어려운 나라들이 너무나도 많단다.

너희들이 살아갈 날을 포함하여, 아직도 오랜 기간에 걸쳐 미국은 여전히 지구상의 지도적 국가로 역할을 할 것이다. 나는 그날들에 미국이 그런 힘든 나라들의 운명을 좀 더 깊숙이 들여다보고 그 나라들의 고통을 헤아릴 수 있기를 원한다. 그리고 그 자랑스러운 나라의 국민으로서 너희들도 그럴 수 있기를 원한다. 어쩌면 그때 지난날 더듬거리다 결국 말문을 닫아버리던 이모부의 곤혹스러워 하던 표정이 역설적으로 어떤 도움이 될지도 모른다면 나만의 부질없는 기대일까? 너희들과 함께했던 저 후끈거리던 늦더위도 가고 이제 이곳은 가을이 왔다. 나는 너희들을 보내고 더 먼 미래에서, 너희들을 인류라는 더 큰 테두리를 통해, 평화와 사랑과 존엄의 이름으로 늘 다시 만나고 있다. 그것이 너희들이 나에게 주고 간 선물이다. 내 침대 머리말에 써두고 간 조그만 메모 쪽지 속 "Good night Emobu!"와 더불어 말이다. 사랑스런 미국의 에스더야. 데이비드야.

무서운 탈80년대적 관점

이 세상에 불변의 것이 없다는 것은 누구나 인정하는 사실이지만 어떤 변화는 저 자신이 변화해서가 아니라 세월의 변화에 따라 피동적으로 그 의미와 역할 그리고 본질까지도 변하게 되는 경우가 있다. 그리고 이른바 격세지감이라는 것도 이처럼 세월의 변화에 따라 피동적으로 이루어지는 경우에 훨씬 더 절실한 것이 된다.

시대에 따라 다르고 느끼는 사람에 따라 다르겠지만 나는 우리나라 현대사의 경우 대충 10년 간격으로 한 번씩 이러한 변화가 이루어져 왔던 것이 아닌가 생각한다.

특히 80년대는 워낙 사회정치적 격랑이 극심했던 시절이라 그 파고가 어느 정도 잦아든 90년대를 지나 2천 년대에 들어선 지금까지도 우리는 이 사회의 각종 현상이나 사물을 바라보는 데에 있어서 시각의 시대차로 혼란을 겪고 있다.

즉 매사를 80년대적 관점에서 바라보느냐 아니면 탈80년대적 관점에서 바라보느냐 하는 것이 그것이다. 더구나 탈80년대적 관점은 그것을 어떤 일관된 구도하에서 규정해야 할지 매우 어렵고 미묘하여 문제를 더욱 복잡하게 만들고 있는 것이 사실이다.

그러나 아무리 생각해 보아도 우리가 이미 낯선 단계로 거침없이 진입하고 있다는 사실을 부인하기는 어려울 것 같다. 이 낯선 단계는 매우 직접적이고 감각적이며 개인주의적이다. 그리고 무엇보다 낡은 관념에 입각하여 그 직접적이고 감각적이며 개인주의적인 성격을 비판하려는 태도에 조금도 아랑곳하지 않는 얄미운 특성마저 지니고 있다. 이들이 통일을 구태여 원하지 않는다는 사실에 놀라던 구세대들도 이제는 민족문제를 논함에 있어 그들의 눈치를 살피고 있다. 한때는 새로운 보수의 거점처럼 보이다가도 어느 결에 진보에 힘을 실어 주기도 한다. 대체로 우리는 이 파죽지세의 새 경향들을 정확하게 정의하는 일에 아직도 고군분투하고 있는 것 같다.

그러나 변화는 분명하다. 내가 이 분명한 변화, 그리고 그 변화가 매우 광범위한 여건의 변화와 더불어 불가항력적으로 진행되고 있으며 우리는 이미 그 물결 속에 깊숙이 진입해 있다는 사실을 깨달은 것은 어느 날 서울 한복판에 있는 대형 서점에서였다. 그 서점의 가장 붐비는 한 코너에는 80년대에 교과서처럼 읽혀지던 조세희의 『난장이가 쏘아올린 작은 공』, 그리고 『전태일 평전』 같은 책들이 당시 잘 팔리던 『연탄길』 같은 책들과 더불어 수북히 쌓여 있었는데 그 책더미 위에 올려 놓은 자그마한 종이팻말에서 나는 지난 십수 년이 만들어 낸, 어느 누구도 거역하기 어려운 변화의 결과를 목도했다. 아기자기한 필기체로 쓰여진 그 잊을 수 없는 안내문구는 이러했다.

"빈부격차에서 오는 상실감을 해소해 주는 책"

내가 보는 한 그것은 지난 80년대를 통해 형성된 거대 담론들의 위용을 새끼손가락 하나로 거침없이 초토화시키고 있었다.

성숙, 그 잃어버린 차원

어렸을 적에 친하던 친구를 20년이나 30년이 지나 다시 만났을 때, 말투나 표정 혹은 성격이나 사고방식이 별로 변하지 않고 여전한 경우를 많이 본다. 또 그 변하지 않은 것이 그 사람의 인생관이나 가치관, 세계관일 때도 있고 그 사람의 총체적인 됨됨이일 때도 있다. 이런 경험들은 우리가 인간 본성에 있어서 진정한 성숙이 과연 가능할까 하는 의문을 안겨 주기에 충분하다. 특히 자기 반성에 따라 스스로의 부족한 점을 해결하려는 노력이 번번이 좌절할 경우 이런 의문은 더욱 강하게 우리를 사로잡는다.

인간이 과연 자각적인 노력을 통해 성숙을 향한 변화를 보일 수 있을까? 이 의문이 부정적인 쪽으로 기울어질 때, 우리는 천성이라든가 생래적 한계 혹은 우리를 이끌어 가는 운명 등등을 설정하게 되는 듯하다. 얼핏 보면 변화가 가능하냐 불가능하냐 하는 문제는 인간이 안고 있는 여러 문제들 중의 하나처럼 보인다. 그러나 깊이 들여다 보면 이 문제는 온갖 문제들의 기초적 차원을 구성하고 있는 매우 근본적인 문제임이 드러난다.

내가 보는 한, 불교는 바로 이 문제를 핵심적 과제로 다루는 데에서 위대한 종교로 정립되고 있다. 나는 불교의 연기론이 바로 이 문제를 다루고 있다고 본다. 비교적 초기 경전이라 할 수 있는 아함阿含 계열의 경전에 보면 연기의 진리는 "이것이 있기 때문에 저것이 있다. 이것이 일어나기 때문에 저것이 일어난다"는 정형화된 말로 설명되고 있다. 연기, 즉 빠띠짜 사무빠다(Paticca samuppada)라는 용어 자체가 그렇다. 빠띠짜는 '……로 말미암아'라는 뜻이고 사무빠다는 '일어나다' 혹은 '생기다'라는 뜻이다. 즉, 연기緣起라는 말이다. 이 용어와 이 용어에 대한 설명을 가만히 들여다보면서 나는 우유偶有라는, 요즈음은 잘 쓰이지 않고 있는 한 철학 용어를 떠올려 본다. 연기라는 개념은 우유라는 개념에 정확히 대칭되는 개념이라는 생각을 하는 것이다.

널리 알려진 바와 같이 불교는 삶의 일차적 현실을 괴로움으로 보고 있다. 존재하는 현실 그리고 그 현실의 실존적 반영인

괴로움을 대부분의 인간들은 거기에 있을 뿐, 왜 있는지 물어볼 수도 없는 '결과적 현실'로 받아들이고 있었다. 즉 그것은 우유로서 '그냥 그렇게 주어져 있는 것'이었다. 그러나 싯다르타는 달리 보았다. 그는 그것이 그냥 주어져 있는 것이 아니라 '생겨난 것'이라고 본 것이다. 그리고 그렇게 보는 것이 다름 아닌 불교의 연기론이었다. 연기론은 그렇게 단순하다. 그것은 정확히 우유론에 맞서 그것을 부인하는 데에서 성립하였던 것이다. 그러나 그 단순한 견해를 싯다르타는 단순하지 않은 최고의 진리, 더없는 깨달음이라고 하였다. 나 역시 그 진리가 최고의 진리라는 사실을 받아들인다. 그 사실을 받아들인다는 점에서 나는 말의 엄밀한 의미에서 불교 신자다.

연기론은 다시 스스로를 설명한다. "그러므로 이것이 없어지면 저것이 없어지고, 이것이 일어나지 않으면 저것이 일어나지 않는다." 연기론은 우유 해체의 과정을 제시하고 있는 것이다. 이 이론이 발전하여 형태를 바꾸면서 무명無明 이론이 등장하였다. 무명 이론에는 확실히 원시불교의 실존적 특징이 살아 있다. 후에 이 이론은 대승불교의 존재론적 사유와 결합, 무자성無自性 이론으로 발전한다. 그러나 실존적 차원에 있든 존재론적 차원에 있든 그것이 우유론적 시각에 맞서 있다는 것은 변함없는 불교의 특징이다.

대승불교의 시대에 와서 연기론적 사유는 훈습薰習이라는 개념을 둘러싸고 새롭게 전개되었다. 변화라는 현상에 좀 더 근접되게 초점이 맞추어진 이 아름다운 용어는 변화 그 자체의 원리와 그 변화가 타인 혹은 사회에 미치는 영향을 잘 반영하고 있다. 며칠 전 나는 어떤 글을 읽다가 "향나무는 자신을 찍는 도끼날에도 향을 묻힌다"는 말을 대하고 무척 기분 좋은 사색에 빠져들 수 있었다. 이 말은 생겨난 배경이 어떻든 간에 매우 강한 불교적 배경, 특히 훈습론적 배경을 느끼게 해주었다. 훈습 이론의 강점은 자기 변화와 타인 변화를 하나로 뭉뚱그릴 수 있다는 점이다. 공자 당시 원시유교가 바로 그 미묘한 문제를 해결하기 위해 무척 고심했던 것에 비하면 훈습 이론은 비록 비유의 힘에 의한 것이지만 그 독특한 힘으로 이 문제를 매우 간단히 뛰어넘고 있었던 것이다.

유교문화에는 수양修養이라는 말이 있었다. 세월이 바뀌어 이 말이 오늘날의 세상에서 차지할 입지가 별로 없는 것은 사실이지만 유교문화는 그래도 비교적 가까운 전통문화였다는 점에서 불교에 비해서는 상대적으로 나은 이해의 기반을 가지고 있다. 수양이라는 말은 자각적인 노력에 의하여 근본적인 변화가 가능하다는 믿음을 기초로 하고 있다. 더 나아가 이 말은 변화가 가능하되 매우 점진적이라는 것, 타인보다는 자기 변화를 본질로 하고 있다는 것, 당사자의 의지가 강조되고 있다는 것 등을 자연스럽게 표방하고 있다. 수양이라는 말이 현실적 테마로 통용되던 시절과 그 시절의 사회를 생각해 보면 당시의 사회가 그 말을 중심으로 강한 지남성指南性을 갖추고 있었다는 사실도 알 수 있다.

불행히도 수양은 이제 시대에 뒤떨어진 말이 되었다. 그리고 이 말을 대체할 수 있는 마땅한 용어가 없다는 것은 자기 갱신의 노력이 여전히 필요하고 또 그것이 결과적으로 세상을 변화시키는 가장 중요한, 어쩌면 유일한 요건이라는 점을 생각할 때 현대의 불행 중 하나라고 할 수도 있다. 이 글의 제목에서 '성숙'이라는, 다분히 제약된 용어를 사용할 수밖에 없었던 것도 현대사회의 이러한 빈곤을 증거하는 것이 아닐 수 없다.

오늘날 일상적 삶의 지평에서 볼 때, 인간이 과연 자각적 노력에 의해 근본적인 변화를 보일 수 있느냐 하는 문제를 두고 불교의 연기론이나 유교의 수양론까지 운위하는 것은 비약이나 과장처럼 보일는지도 모르겠다. 그러나 이 변화 문제는 한갓된 문제처럼 보일 경우에도 실은 불교가 표명한 바와 같이 매우 근본적인 문제여서 모든 종교의 기초에서 큰 비중으로 다뤄 왔음을 알아 둘 필요성은 매우 크다. 지난날 위대한 종교의 지평에 있어서는 중요한 기초이자 과제였던 것이 지금은 망각되거나 회의의 대상이 되어 있는 것이다.

그렇게 된 배경에는 무엇이 있을까? 무엇보다 나는 오늘날의 사람들이 현재의 상태를 타개하고 더 나은 상태를 지향하는 질적 지평을 잃어버린 것 때문이 아닐까 한다. 물론 생활형편이 더 나아지기를, 또는 더 나은 사회적 지위가 부여되기를 갈망하는 사람은 수없이 많다. 그러나 이 모든 소원은 우리가 여기서 말하는 자기갱신과는 차원이 다른 이야기다. 구태여 말하자면 그런 횡적인 갈망의 강도가 여기서 말하는 종적인 지향을 잠식시켜 버린 것이다. 말하자면 세상은 1차원 속에 갇혀 버렸다. 그리고 모든 무지의 근본적인 양태처럼 그렇게 갇혀 있다는 사실마저 망각해 버렸다.

오늘날의 세상은 그 망각을 기초로 하여 구축되어 있다. 외외하게 치솟아 있는 세상은 번쩍이는 광휘에도 불구하고 스스로의 진정한 성숙에 관한 한 그 중추적 기능에서 완전히 마비되어 있는 것이다. 자기 변개를 모르는 평면의 세상. 난무하는 온갖 비전에도 불구하고 우리는 지금 그 평면 위를 엎드려 답답한 포복을 하고 있을 뿐이다. 개혁이니 혁신이니 쇄신이니 하는 구호들, 그리고 그 모든 것을 포괄하는 사회적 차원의 변화에 대한 넘치는 요구들은 진정한 변화의 차원이 망각된 것에 대한 가장 직접적인 증상에 해당한다. 만약 지금도 우리에게 희망이 남아 있다면 그것은 바로 그런 시대적 정황을 깨닫는 데에서부터 출발할 것이다. 따라서 인간은 과연 자각적인 노력을 통하여 근본적인 변화를 보일 수 있을까 하는 물음에 대한 답도 우선은 우리 의식의 이 오랜 마비가 어떠한 새로운 것도 생산하지 못하는 불모의 것임을 여실히 깨닫는 데에서부터 시작할 것이다. 그것은 매우 사소한 인식처럼 보일는지 모르지만 20년 혹은 30년이 지나서 만나도 한 치의 변화가 없는 저 막막한 좌초에 비한다면 어쩌면 진정한 성숙의 실질적 단초일 수도 있기 때문이다.

불교 생각

K형

『무문관 강설』 잘 읽었습니다. 나의 경우 불교를 놓은 지 오래되었지만 K형 책을 읽으니 옛날 불교공부 하던 시절이 새삼 생각나네요. 읽고 나니 무엇보다 K형이 역시 오랜 세월 불교를 천착한 결과가 두텁게 나타난 느낌이 듭니다.

독후감이라기보다는 책을 읽으며 선불교에 대해 평소 생각하던 문제를 다시 한번 생각할 기회를 가졌는데 그것을 두서없이 늘어놓아 보려 합니다. 사실 K형도 책 안에서 군데군데 언급했던 것으로서 선불교의 문제 접근 방법 내지 수행 방법에 관한 것입니다. 이런 논의가 불교계 안에서 집중적으로 다루어진 사례가 있는지 궁금하군요.

K형도 알다시피 선불교는 교종의 폐단을 딛고 일어선 중국

식 불교라 할 수 있습니다. 경經을 중심으로 전개된 인도 대승 불교의 양상은 대개 시간과 공간을 어마어마하게 벌려 놓는 경우가 많았다고 봅니다. 이를테면 까마득한 옛날의 부처님과 아득한 미래의 부처님을 설정한다든가 무슨 천 무슨 천 하여 수행 단계별로 무수한 세계를 펼쳐 놓는 것이 대표적이지요. 또 논論의 차원에서 전개해 놓은 각종 이론들도 이 못지않게 다기한 것 같습니다. 중국의 강한 현세주의 내지 인간중심주의의 입장에서 보면 이러한 세계관을 바탕으로 한 논의 자체가 체질적으로 맞지 않았을 수도 있고 전술한 바와 같이 폐단으로 인식되었을 수도 있었을 것입니다.

대승 교학에 대해서 선불교가 취한 태도를 보면 중세의 기독교적 세계관을 깨고 루터의 종교개혁이 뛰쳐나온 것과 비슷한 양상을 관찰할 수 있습니다. 이런 비교는 항상 위험을 동반하는 것이라 나는 별로 하고 싶지 않지만 루터가 종교적 속박에 얽매인 중세대중들에게 오직 믿음만을 요구했던 것은 '직지인심 견성성불直指人心 見性成佛'의 첩경을 제시한 선불교의 대원칙과 매우 유사해 보입니다.

선문답은 대승불교의 논리 중심주의에 대한 거부감을 매우 단적으로 보여 줍니다. 논리뿐만 아니라 어떨 땐 주체와 객체의 분리를 전제로 하는 사고 자체를 받아들이지 않으려 하는 매우 극단적인 태도도 보여 줍니다. 그러면서도 선불교는 출가, 수행, 공부, 득도 등 일련의 과정을 인정하고 있으며 특히 깨달음의 경지를 전수하고 인증하는 일련의 독특한 체계를 가지고 있습니다. 또 선문답은 통상적인 방식은 아니지만 분명히 어떤 설명을 담고 있습니다. 논리를 벗어나려고 하는 노력을 기울이면서도 논리를 완전히 벗어나지는 않습니다. 어떤 것을 제시하고 황급히 그것을 거두어 가는 독특한 논리에는 자기부정을 포함하는 논리의 승화된 형식이 포함되어 있는 것 같군요. 논리는 전적으로 부정되는 것 같지만 동시에 폭넓게 인정되기도 합니다.

선불교의 독특한 행태에 오래 접하게 되면 그 논리의 독특함을 이해하는 것은 그리 어려운 일은 아닐 것 같은 생각이 듭니다. 그러나 내가 오래 전부터 염려하고 있는 것은 바로 이러한 선불교의 인식체계에 빠지는 것입니다. 혹은 갇히는 것인지도 모르죠. 이 인식체계는 어떨 땐 헤겔 이후의 철학자들이 헤겔 철학을 흉보며 "허공 중에서 돌아가고 있는 거대한 사상의 체계"라고 하듯이 우리가 살아가고 있는 땅에서는 분리된 선불교만의 인식 장치처럼 여겨지기도 합니다.

대승불교의 교학적 체계에서도 마찬가지지만 선불교의 비교학적 체계에서도 초기 불교가 그토록 뚜렷하게 내세웠던 삶의 원초적 실상으로서의 고苦의 문제가 전혀 강조되고 있지 않습니다. 사실 K형이나 나나 70년대 초에 원시불교에 그토록 관심을 기울였던 것은 바로 삶의 실상에 대한 인식을 원시불교가 잘 담아내고 있었기 때문이라 생각합니다. 전술한 고의 문제는 물론, 탐진치貪瞋癡를 비롯한 욕망의 문제도 그렇고 고독한 수행자의 문제, 그리고 연기설의 기초를 이루고 있던 무명의 문제도 그렇지요. 어쨌든 원시불교는 우리가 고민하고 있던 삶의 과제를 바탕에 깔고 그 위에서 교설을 펼치고 있었던 것이 우리에게는 매우 실존적인 느낌으로 다가왔던 것이 아닌가 합니다.

대승불교 철학은 그래도 그 복잡한 교설 가운데에 무명을 비교적 근원적인 문제로 다루고 있는 것을 볼 수 있는데 그것이 전반적으로 교학적인 체계에도 불구하고 불교를 구체적인 인간과 연결시키던 접점이 되었던 것 같습니다. 대승불교는 그 점에서 약간은 대중적 바탕을 가지고 있었다고 할 것입니다. 그러나 선불교에서는 그마저 사라집니다. 왜 그런 현상이 나타났을까요? 나는 이것이 선승들이 산중 승가집단으로 형성되면서 세속적인 맥락을 잃어버린 것과 어떤 관련이 있지 않을까 하는 생각을 해보지만 역사적인 지식이 짧으니 다만 추측할 따름입니다. 그러나 어쨌든 선불교의 논리는 그 본질적인 깊이에 이르면 이를수록 묘한 소외를 갖추게 됩니다. 말하자면 다 얻은 것 같은데 사실 아무것도 아닌 것 같은 느낌이지요.

나는 이것이 우리나라 현실 불교의 문제로 나타나고 있다고 봅니다. 불교는 오늘날 현실적인 영향력을 별로 가지고 있지 않습니다. 불교는 오늘의 현실이 직면한 문제들에 대해 별로 이야기하는 것이 없습니다. 이를테면 조주 스님의 '뜰 앞의 잣나무'라는 화두를 이해하는 것은 가능할는지 모르겠습니다. 그러나 그 이해에서 마르크스주의는 어떻게 취급되고 있는지 알 길이 없습니다. 또 신자유주의는 어떤 식으로 조명되고 있는지 역시 알 길이 없습니다. 선불교는 당나라에서 형성된 방식과 논리를 천년도 더 지난 오늘날에도 변함없이 사용하고 있습니다.

불교에서도 변신의 노력이 전혀 없었다고는 할 수는 없을 것입니다. 나는 대표적으로 크리슈나무르티를 생각해 봅니다. 그는 불교적인 사유를 하고 있지만 늘 현실적인 삶에서 출발한다는 점에서 불교와 현대적인 삶의 접목을 꾀하는 몇몇 노력의 전형적인 사례를 보여 주고 있습니다. 그러나 그런 노력에서도 딱히 꼬집어 말하기는 어렵지만 매우 제약된 무엇을 느낍니다. 그래도 크리슈나무르티의 경우는 제법 나은 경우입니다. 비슷한 효과를 내고 있는 여러 경우가 대부분 그보다 더 못한 차원에 머물러 있습니다. 이를테면 우리나라 불교인들 가운데에서 대중적인 관심과 기대를 모으고 있는 사람이 누구이겠습니까. 대중이 아니더라도 최소한 지식인들의 주의를 끌고 있는 사람이 있을까요? 한때 법정 같은 분이 그런 관심을 모았던 것은 사실입니다. 그것은 그가 메마른 불교적 인식에 매우 인간적인 감수성을 연결시킬 수 있는 재능을 가지고 있었기 때문이라고 봅니다. 또 그의 대명사처럼 되어 버린 '무소유'라는 말은 현대 자본주의와 논리적 연관성을 가지고 있지는 않으면서도 자본의 전횡 가운데에서 살아가고 있는 사람들의 마음 안에 그 상황을 되돌아볼 수 있는 계기를 부여하고 있습니다. 그의 글이 지금도 널리 읽히는 것은 운수납자라는 최소한의 삶을 다른 승려들처럼 하나의 습관적 패턴으로 받아들이지 않고 세속적인 삶의 행태들에 강하게 대비되는, 또 그런 삶에 반조하는 힘을 가지는, 부단한 선택으로 가지고 있었기 때문이 아닌가 합니다. 그러나 그의 영향력은 대충 그 정도에 그쳐 있습니다. 다른 영역에 걸쳐서는 그도 오히려 많은 부분에 걸쳐 걱정스러울 정도의 매너리즘을 보여 주고 있습니다.

일각에서는 반자본주의적 환경생태주의의 입장을 견지하는 경우도 있습니다. 도법이나 지율 같은 스님들이 바로 그 점에서 대중적 관심을 끌고 있습니다. 무욕을 중심으로 삶의 부적절한 행태를 배척하는 일련의 움직임도 불교인들에 의해 전개되는 경우가 많습니다. 그들은 그래도 불교의 주요 쟁점 내지 논점을 현실적인 삶의 지평에 효과적으로 적용하는 경우라고 하겠습니다.

그러나 그들 역시 그 정도에 머물러 있습니다.

전반적으로 볼 때 불교는 현실에서 괴리된 지대에서 낡은 논리와 행태에 얽매여 있는 것이 대부분이고 다만 미약하나마 일각에서 불교의 입장을 현실적인 삶의 영역에 접목시켜 보려는 일련의 행태가 있는 것이라 간추려 볼 수 있겠습니다. 말하자면 불교의 빈곤입니다. 그리고 그 빈곤은 출발이 어떠했던 간에 결과적으로 우리 선불교의 독특한 인식론적 특성이 자초한 결과라고 생각하는 것입니다.

비단 불교뿐만 아니라 우리에게 거대한 유산으로 남겨진 유교, 새로운 종교로 광범위하게 받아들여진 기독교, 그리고 서구의 다양한 사상들도 결국은 우리 삶의 구체적인 현실에 대해서는 박약한 연결을 가지고 있습니다. 이 모든 것들을 배우고 경험하고 섭렵하는 것은 매우 중요한 일이지만 나는 이런 것들을 배운 다음 오히려 그 모든 것을 다 잊고 단지 거기에서 함양된 자양만으로 우리 삶의 현실에서부터 맨 손으로 무언가를 새로 시작하는 것이 필요한 일이 아닌가 생각합니다.

불교도 마찬가지라 생각합니다. 나는 언젠가 어느 글에서 우리나라의 지식인으로서 불교적인 사유에 몸을 담고 그 사유에 깊숙이 젖어 본 적이 없는 사람은 지식인 취급을 하지 않는 나의 기벽에 대해 말한 적이 있습니다. 지금도 그렇게 믿습니다. 불교는 우리 현실과 한국인들을 바라보고 이해하는 데 중요한 심층을 이루고 있습니다. 불교적 인식을 도야하지 않는 한, 우리는 불교를 사실상 유일한 교양의 체계로 유지해 온 지난 천여 년의 역사를 잃어버리는 것이 되고 그 역사가 오늘날에까지 미치고 있는 생생한 영향을 도외시하는 것이 될 것입니다. 그럼에도 불구하고 내가 주장하고 싶은 것은 불교는 이제 낡은 인식의 체계라는 점을 인정할 필요가 있다는 것입니다. 불교는 스스로의 전선을 다시 찾지 않으면 안 될 것입니다.

K형. 그 옛날 중국불교가 대승불교의 교학적 체계에 저항하여 선불교를 만들어 내었듯이 우리 시대도 우리 시대를 지배하고 있는 사유의 대표적 질곡에 저항해야 할 때라 생각합니다. 불교를 살리기 위해서는 불교를 섭렵하되 자양만 남기고 모두 잊어야 할 필요가 있습니다. 그리고 그 자양만으로 우리 시대를 보고 우리 현실을 보며 생각할 바와 행동할 바, 말할 바를 지시하는 크낙한 언어가 준비되어야 하지 않을까 합니다. 모처럼 펴낸 역작을 두고 지나치게 내 이야기만 한 것 같군요. 누가 뭐라든 우리나라는 불교 천년의 역사를 가지고 있다는 것이 그렇지 않은 나라에 비해 이루 말할 수 없는 보배를 가지고 있는 것이라 믿습니다. 생각 같아서는 우리 중고등학교 학생들에게 일

주일에 두 시간씩은 불교를 가르치는 쪽으로 교육정책이 수립되었으면 하는 생각도 가지고 있습니다. 그렇게만 된다면 그 효과는 형언할 수 없이 크다고 나는 확신합니다. 물론 경제성장률에 코가 꿰어 인식이라는 것이 완전히 방앗간 피댓줄에 휘말린 손수건처럼 비참하게 돌고 있는 오늘에서 그런 것은 기대할 수 없는 꿈이겠지요. 모처럼 K형의 준수한 역작을 대하고 잘 읽다 보니 고삐 풀린 생각이 두서없이 휘날린 것 같습니다. 늘 건필하소서.

분노

오래 전, 제13대 대통령 선거 운동이 진행되고 있던 때, 관훈 토론회에 초청된 김영삼 후보가 이런 이야기를 한 적이 있었다. 어느 측근 야당 정치인이 자기를 만난 자리에서 당시 중앙정보부장이던 김형욱이 "몸조심을 하는 것이 좋을 것"이라는 경고를 하더라는 것이다. 그 이야기를 듣고 김영삼 씨는 그 측근 앞에서 버럭 화를 내며 "김형욱이 이놈, 내가 죽여!" 하고 고함을 쳤다고 한다.

전국에 텔레비전 생중계가 되는 가운데 김영삼 후보가 꺼낸 이 뜬금없는 이야기를 어쩌면 많은 사람들은 의아하게 생각했을지도 모르겠다. 뭣 때문에 그런 이야기를 하는지 종잡기 어려웠을 것이기 때문이다. 당시 텔레비전을 보던 나는 그가 자신의 인간적 특수성, 그 중에서도 분노의 기질을 이야기한다는 사실을 쉽게 알아차렸다.

개연적 수준의 이야기겠지만 일반적으로 정치 지도자로 부각되는 사람들의 인간성 속에서 분노의 기질을 찾아내는 것은 어려운 일이 아니다. 비교적 온건하고 합리적 성격의 정치인인 홍사덕 씨도 언젠가 자신의 한 저술에서 스스로의 삶 속에는 늘 "현실에 대한 가눌 길 없는 분노"가 요동쳐 왔음을 고백하고 있다.

이런 유형의 분노는 당사자들에게 있어서도 늘 의외의 느낌을 주는 것 같다. 겉으로 볼 때 분노는 분노하는 자의 자율적 의지에 의해 용출하는 것처럼 보이지만 실상은 분노 자체의 상승하는 힘에 의해 분출되는 것이 보통이고 그 점에서 분노는 분노하는 당사자에게 있어서도 '내 안에 있는 것'이지만 동시에 '나를 넘어서는 힘'처럼 느껴진다는 말이다. 그날의 김영삼 씨도 자신 속에 있는 그 격노라는, 스스로에게도 늘 낯선 기질을 어눌하게, 그러나 그다운 직선적 화법으로 이야기하고 있었던 셈이다.

어느 누구에게나 분노는 있다. 다만 사람에 따라 강약이 있고 무엇 앞에서 분노를 느끼며 그 분노를 어떻게 발현시키느냐에 따라 그 유형이 달라질 뿐이다. 무시당하거나 모욕을 당했을 때

또는 일이 뜻대로 되지 않거나 방해 받았을 때 사람들은 흔히 화를 낸다. 이런 경우의 분노는 일상적 삶과 즉물적으로 얽혀 있기 때문에 주목할 만한 인간적 특성으로 여겨지지 않는다. 오히려 그런 분노는 지나친 즉물성으로 인하여 당사자의 인간적 조야함과 관심의 협소성을 드러낼 뿐인 것이 보통이다.

분노가 인간적, 사회적 의미, 특히 정치적 의미를 갖는 것은 그것이 옳고 그름의 문제와 관련될 때다. 이 경우의 분노는 특별히 의분이라는 더 구체적인 이름을 가지고 있다. 사실 신변적이고 개인적인 차원의 분노도 그 내막을 살펴보면 역시 협소한대로 옳고 그름의 문제가 개입해 있다는 것을 알 수 있다. 누군가가 나의 발등을 밟았다고 해서 화를 내는 것도 결국 그 행위의 부당성을 따지고 상대방의 부주의를 탓하는 일이다. 그냥 돌이 저절로 굴러와 발등을 다쳤다면 아무도 화를 내지 않는다. 거기에는 옳고 그름이 개입할 여지가 없기 때문이다. 그 점에서 원론적으로 말하자면 분노는 정의의 실천적인 계기라 할 수 있다.

분노가 정의를 반영하면서 사회적 정치적 지평에 이어지고 결국 의미 있는 행동으로 전화될 때 분노는 단순한 감정이라기보다 의지로서 스스로를 드러내는 것이 보통이다. 생래적인 분노의 기질을 가지고 있으면서 그 분노를 감정보다는 의지의 차원으로 격상시킨 대표적인 인물이 백범 김구 선생이다. 김구 선생의 자서전을 읽어 보면 불과 다섯 살 무렵에 자신을 괴롭히는 이웃 형들을 죽이기 위해 식칼을 들고 그 집 울타리를 뜯다가 어른들에게 들켜 매를 맞는 이야기가 나온다. 이 기상천외한 이야기를 자서전에 쓴 김구 선생의 의도가 앞서 김영삼 후보가 토론회에서 김형욱 정보부장 이야기를 꺼낸 의도와 같은 선상에 있다. 두 경우 모두 그들의 생래적이면서 스스로도 억제할 수 없는 그 낯선 기질을 말하고 있으며 그것이 옳고 그름의 문제와 결부되면서 그들의 정치적 삶에서 중요한 원동력이 되었음을 이야기한 것이다.

김구 선생의 이 유별난 기질도 훗날 침략자 일본에 맞서는 독립항쟁에 이어져 정치적 지평을 확보한다. 이를테면 그는 열아홉 살 때 명성황후 시해에 따른 보복으로 대동강 넘어가는 길목 어느 여관에서 일본 군관 한 명을 칼로 난자해 죽인다. 또 더 훗날에는 한인애국단을 조직하여 일제 요인 암살에 나선다. 이 모든 것에서 우리는 의지로 전화된 분노의 전형적인 모습을 보는 것이다.

분노의 가장 높은 문화적 표현은 역시 히브리인들의 여호와 신앙에서 찾아볼 수 있다. 그들의 신 여호와는 무엇보다 분노하는 신이었다. 구약성서의 세계에서 이 신의 분노를 빼면 그 세계는 한 순간에 무너지고 말 것이다. 물론 분노라는 거대한 기둥은 신의 약속과 축복이라는 또 다른 기둥과 병립하여 히브리적 세계를 지탱하고 있지만 그렇다고 해서 약속과 축복이 분노를 무력화시키는 것은 아니었다. 오히려 이 분노가 병립해 있지 않은 한, 약속과 축복도 무의미해지는 상보적 관계였다. 인간의 속성이 아닌 신의 속성으로 분류된 이 특별한 분노는 주로 이사야나 에스겔 같은 예언자들의 입을 통하여 선언되었다.

주께서 나에게 말씀하셨다.

"사람아, 너는 유다 땅에 이렇게 말하여라. '유다 땅아, 너는 진노의 날에, 더러움을 벗지 못한 땅이요, 비를 얻지 못한 땅이다. 그 가운데 있는 예언자들은 음모를 꾸미며, 마치 먹이를 뜯는 사자처럼 으르렁댄다. 그들이 생명을 죽이며, 재산과 보화를 탈취하며, 그 안에 과부들이 많아지게 하였다. 이 땅의 제사장들은 나의 율법을 위반하고, 나의 거룩한 물건들을 더럽혔다. 그들은 거룩한 것과 속된 것을 구별하지 않으며, 부정한 것과 정한 것을 구별하도록 깨우쳐 주지도 않으며, 나의 안식일에 대하여서는 아주 눈을 감아 버렸으므로, 나는 그들 가운데서 모독을 당하였다. 그 가운데 있는 지도자들도 먹이를 뜯는 이리 떼와 같아서, 불의한 이득을 얻으려고 사람을 죽이고, 생명을 파멸시켰다. 그런데도 그 땅의 예언자들은 그들의 죄악을 회칠하여 덮어 주며, 속임수로 환상을 보았다고 하며, 그들에게 거짓으로 점을 쳐주며, 내가 말하지 않았는데도 나 주 하나님이 한 말이라고 하면서 전한다. 이 땅의 백성은, 폭력을 휘두르고 강탈을 일삼는다. 그들은 가난하고 못사는 사람들을 압제하며 나그네를 부당하게 학대하였다. 나는 그들 가운데서 한 사람이라도 이 땅을 지키려고 성벽을 쌓고, 무너진 성벽의 틈에 서서, 내가 이 땅을 멸망시키지 못하게 막는 사람이 있는가 찾아보았으나, 나는 찾지 못하였다. 그래서 나는 그들에게 내 분노를 쏟아 부었고, 내 격노의 불길로 그들을 멸절시켰다. 나는 그들의 행실을 따라 그들의 머리 위에 갚아 주었다. 나 주 하나님의 말이다.'" (에스겔 22:23~31)

인류 역사의 문헌 중에서 구약성서가 표현하고 있는 것보다 더 지독한 분노와 저주의 표현이 다시없을 것이다. 예수 역시 히브리 예언자들의 전통 위에서 유사한 분노의 삶을 살았다. 성전에서 돈 바꾸는 자들의 상과 비둘기파는 자들의 의자를 둘러엎는 과격한 모습에서는 물론 "내가 세상에 평화를 주러 온 줄로 생각하지 마라. 평화가 아니라 칼을 주러 왔다"는 말에서도 이글거리는 히브리적 분노가 숨김없이 노출되어 있다. 따라서 희고 긴 옷을 입고 새끼양을 보듬고 서 있는 저 진부한 예수상은 인간의 비겁함이 그려 낸 평면적 예수상에 불과하다.

종교의 무대가 아닌, 인본주의적이고 세속적인 무대에 있어서 신의 분노가 가진 의미는 어쩔 수 없이 인간의 분노에서 찾아야 할 것이다. 세속의 무대에서 분노는 거의 예외없이 정제되지 못한 형이하의 영역이었다. 불교는 그것을 삼독(탐진치)의 하나로, 유교는 그것을 칠정七情의 하나로 치부하였다. 그것은 어리석고 부족한 인간의 대표적 속성이었다. 아무도 그것을 덕성의 하나로 바라보지는 않는다는 말이다.

그러나 덕성이 되지 못하더라도 분노는 살아 있어야 한다. 왜냐하면 분노가 살아 있어야 정의가 스스로를 세울 수 있기 때문이다. 오늘날의 정의에서는 분노를 찾아보기가 어렵다. 얄팍한 합리성이 이미 분노를 다스려 버렸고 정의는 어언 제도와 인습이 되어 버렸기 때문이다. 정의는 법원의 일상적 사무에 파묻히고 까다로운 검토와 논의에 끌려다니느라 더 이상 격한 감정을 동반하지 않는 경우가 대부분이다. 그러나 정의가 정의로서 생명력을 유지하려면 그 최고의 형태 속에는 여전히 최소한의 인간적 분노가 담겨 있어야 하는 것이다. 정의는 불의를 징벌하는 가운데에 성립하고 징벌은 불의에 대한 인간적 분노에 기초하는 것이 마땅하기 때문이다. 따라서 정치 지도자의 기질 속에 눈에 잘 띄지 않는 형태로나마 강한 분노의 요소가 잠재해 있는 것은 어쩌면 당연한 귀결인지도 모른다. 왜냐하면 정치 지도자란 국민적 지지를 바탕으로 옹립되는 존재이고 국민적 지지는 부침이 있기는 하지만 결국 부당한 것을 시정시키는 정의의 힘을 좇고 있기 때문이다.

정치인은 분노가 옳고 그름의 문제와 만나는 어간에서 형성되는 특별한 직업군職業群이다. 백범 김구 선생도, 김영삼 전 대통령도, 홍사덕 씨도 바로 그 지점에 위치해 있다. 그 이전 단계에서도 정치인은 만들어지지 않고 그 이후 단계에서도 정치인은 만들어지지 않는다.

그 이전 단계, 옳고 그름이 배제된 단계에서 만약 정치인이 만들어진다면 그 정치인은 진정한 정치인이 아니라 사이비 정치인일 것이다. 그런 정치인은 현실적으로는 많다. 다만 그들은 진정한 의미에서는 정치인이 아닐 뿐이다.

그 이후의 단계, 옳고 그름을 넘어서는 단계에서도 누군가가 만들어지지만 우리는 그를 더 이상 정치인이라고 부르지는 않는다. 추정컨대 그 이후의 단계는 정의가 제 스스로를 안고 또 다른 지평 속으로 뛰어드는 단계, 분노도 거기서는 스스로를 다시 지양하게 되는 어떤 단계일 것이다. 그리고 그 단계에서 만들어지는 사람에 대하여는 우리는 아직 적절한 이름을 가지고 있지 않다. 왜냐하면 모든 이름은 그 외견에 붙여지는 것이지만 그는 이미 더 이상 외견에 의해 그 본질이 포착되지는 않는 방식으로 존립하기 때문이다.

기뻐하는 정치, 오는 정치

군대생활을 할 때 내가 속한 25연대 2중대의 중대장은 사람이 매우 좋은 분이었다. 육사 출신의 대위였는데 생긴 것도 대충 안성기 스타일에다 원만한 인품에 탁월한 지휘력까지 갖추고 있어 중대원들은 지위 고하를 막론하고 그를 끔찍이 잘 따랐다. 엄하면서도 관대하고 과단성 있으면서도 자상하다고 할까. 어쨌든 모든 균형을 갖춘 인격체가 그렇듯 꼬집어 장처長處를 말하기 어려웠지만 그의 존재는 은연중 모든 사람들에게 견인력을 발휘하여 중대에서 제일 나이가 많고 자존심이 센 선임하사도 그분에게만큼은 깍듯이 예의를 갖추던 모습이 지금도 눈에 선하다. 그래서 우리 2중대 조교들은 각 중대 사병들이 모이는 사역장이나 보급품 배부처 등에 가면 번번이 중대장 자랑을 늘어놓곤 했다. 그런데 다른 중대 조교들 이야기를 들어

보면 그런 경우는 매우 예외적인 경우여서 그들은 대부분 별나고 성질 더러운 중대장 때문에 군대생활이 이만저만 고달프지 않다는 것이었다. 심지어 멀리 12중대에서 근무하던 입대 동기 김 일병은 어느 날 내가 거듭 중대장 자랑을 하자 자기네 중대장의 무지스러운 횡포를 한참이나 늘어놓은 후 부럽다는 듯 이렇게 말했다.

"나도 니네 중대로나 갔으면 좋겠다."

마음이 한없이 여려 아버지가 첫 면회를 왔을 때 부둥켜안고 엉엉 울었다는 김 일병. 유독 군대생활을 견디기 어려워하여 만나기만 하면 하소연을 길게 늘어놓던 김 일병이 지치고 겁에 질린 표정으로 중얼거리던 그 말은 오랫동안 나의 기억에 남았다. 그리고 그 기억은 불과 얼마 후 어디론가 훌쩍 전출을 가버리고만 우리 중대장에 대한 지울 수 없는 기억과 함께 어느덧 내 머리 속에서 하나의 이론을 구성하고 있었다.

즉 조그마한 조직이든 국가와 같이 큰 조직이든 거기에서의 경영이 숭고한 목표 하에 모든 구성원들의 존엄을 보전하면서 선하게 추진되고 있다면 그 경영에 가까이 있는 자들은 반드시 그것을 기뻐하고 멀리 떨어져 있는 자들은 가까이 가고 싶어 한다는 것이다.

어느 경영학 교과서나 정치학 교과서에도 나올 법하지 않은 이런 아마추어 이론을 만들어 놓고 나는 내심 흐뭇하여 그 이론을 속으로 이리저리 궁굴리기도 하고 그 이론을 통해 구체적인 조직 경영이나 국가 경영을 조명해 보기도 하였다.

그리고 세월이 흘렀다. 군대 생활도 마치고 대학에 복학하여 가끔 군대에 다시 징집되는 악몽이나 꾸던 무렵 어느 날 나는 대학 도서관에서 논어를 읽다가 한 구절에 이르러 깜짝 놀라고 말았다. 자로子路편 제16장에 기록된 다음과 같은 공자의 말을 접했기 때문이다.

> 섭공葉公이 정치에 대해 묻자 선생님께서 말씀하셨다.
> "가까이 있는 자는 기뻐하고 멀리 있는 자는 오는 것입니다."
> (葉公問政.子曰;近者說,遠者來.)

꾀죄죄한 훈련소 일등병의 뇌리에서 어설프게 구성된 이론과 2천 5백 년 전 인류의 성현이 초나라의 대정치가에게 제시한 정치 원리의 이 예기치 못한 일치에서 나는 잠시 당혹하지 않을 수 없었다. 나의 구취口臭나는 이론이 일찍이 성현의 말이었다는 사실은 영광스러울 정도를 넘어 황송하기 짝이 없었지만 어떻게 보면 그것은 누구나 말할 수 있는 평범한 이야기 같기도 했다. 춘추春秋 말기의 각축하는 정치 현실과 군대라는 각박한 조직사회가 가진 억압적 조건 때문에 이 평범한 사실이 더 부각될 소지도 있지 않았겠나 하는 생각도 들었다.

그로부터 다시 30년 가까운 세월이 더 흘렀지만 나의 생각은 그 정도에 머물러 더 이상 진전을 보지 못하고 있다. 다만 변화가 있었다면 그 사이에 내가 크고 작은 조직 현실을 더 경험하였고 다양한 정치권력의 부침을 더 지켜볼 수 있었다는 것뿐이다. 그리고 그 경험을 통해 내가 젊은 날 군문에서 어설프게 엮어 보았던 그 이론, 공자가 섭공에게 간결하게 제시했던 그 이론이 역시 참이고 인간의 본성과 사회의 원리에 뿌리 내린 것임을 더 절실히 받아들이게 되었다고 할 수 있다.

당신의 경영은 가까이 있는 자들이 기뻐하고 멀리 있는 자들이 오는 것입니까?

이 물음 앞에서 크고 작은 조직의 경영자들, 한 시대를 이끌어 가는 정치 지도자들은 아무런 조건 없이 "그렇다"고 대답할 수 있을까? 아니면 경영이나 통치는 그런 케케묵은 봉건시대의 척도로 잴 수 있는 것이 아니라고 이런저런 조건을 달거나 더 현대적인 이론을 구성하여 그 물음에 맞설 것인가?

30년이 지난 지금 내가 말할 수 있는 것은 국가경영을 포함한 모든 경영에는 여전히 그 간단한 이론이 적용될 원초적 차원이 있으며, 모든 조직은 그 크고 작음에 관계없이 그 조직의 구성원들이 조직목표 달성의 단순한 수단이기를 넘어 어쩌면 그 조직 목표보다 더 크고 더 궁극적인 목표가 귀속될 주체임을 인정하고 받아들여야 한다는 사실이다. 가까이 있는 자가 기뻐하고 멀리 있는 자가 오는 것은 바로 그러한 점을 인정하고 수용한 데에 따른 자연스런 귀결일 것이다.

까마득한 옛날 이제는 얼굴마저도 어렴풋한 2중대장과 그를 둘러싸고 가까이 또 멀리 있었던 두 일등병의 마음속에 여울졌던 그 한때의 기쁨과 숭모의 정은 삶의 현장에서 좀처럼 그 전형적 모습을 다시 재현해 보이지 않았다. 그러나 그럼에도 불구하고 이 세상의 모든 조직 현실, 사회 현실은 매 순간 그러한 재현의 가능태로서 존재하며 그 도상에 서 있는 한에서만 의미를 가진다는 것은 어느덧 조직의 높은 봉우리에 겁 없이 올라서 있는 나를 여전히 부끄럽고 두렵게 만들고 있다.

정의란 무엇인가?

베스트셀러에 대해서는 거의 무조건 반감부터 갖는 별난 체질이라 마이클 샌델의 『정의란 무엇인가』가 불티나게 팔리고, 신문 사설과 칼럼들이 분주히 그 책을 인용하고 있어도 도무지 읽어 볼 생각을 하지 않았다. 그러다가 우연히 켠 텔레비전에서 저자가 직접 강의하는 것을 보게 되었다. 어느 유명 대학에서 소수민족 출신의 학생들에게 약간의 입학 정원을 할당하여 입학 어드밴티지를 준 것이 정의에 합당한 조치였느냐 하는 것이 주제였다. 그것을 본 나의 첫 느낌은 '미국의 정의는 참 한가롭구나' 하는 것이었다.

그 후 아이놈이 책을 보고 나서 "읽을 만은 하군" 하며 내 옆에 심드렁하게 던져 놓은 책을 시간 날 때마다 조금씩 읽다가 그럭저럭 독파에 이르게 되었다. 그리고 독파한 지금도 '미국의 정의는 참 한가롭구나' 하는 첫 느낌이 크게 달라지지 않았다. 그것은 당연히 이 땅의 역사에 있어서 정의가 가지는 의미가 미국과는 너무 달랐기 때문일 것이다. 이 땅에 있어서 정의는 어느 쪽이 더 옳으냐 하는 저울질 차원의 정의가 아니었다. 우리의 정의는 정의의 편에 설 것이냐 불의의 편에 설 것이냐, 양심이냐 비양심이냐 하는 가파른 선택의 기로에 선 정의였다.

나는 무엇보다 4·19를 생각한다. 그리고 그 이후 민주주의를 뿌리내리기 위한 과정에서 빚어진 숱한 사태들—김상진, 부마, 광주, 박종철, 6월항쟁 등등—을 생각한다. 미국과 달리 우리는 이것저것 따질 여유가 없었다. 어느 것이 옳으냐 하는 것이 아니라 옳은 것은 이미 결정된 상태에서 그 길에 들어설 것이냐 그 길을 외면할 것이냐 하는 것만 우리 앞에 있던 시절, 우리는 아무도 용감할 수 없었고 고결할 수도 없었다. 우리는 철벽처럼 버티고 선 불의의 벽 앞에서 겁에 질려 지레 무너지거나 그 사이사이에서 간신히 외마디 비명을 질러 볼 따름이었다.

그만큼 우리의 정의에는 항상 피 냄새가 짙게 배어 있었다. 열패감이 운명처럼 깔려 있었고 영혼은 현실의 뒷전에서 겨우 섬약하고 소외된 자의식을 형성하고 있었다. 치욕, 분노, 설움—이런 감정들 속에 부끄러운 모습으로 처박혀 있던 것이 이 땅의 정의라는 주제였다. 그런 정의가 허리케인이 휩쓸고 간 지역에서 일부 필수품을 바가지에 가까운 비싼 가격으로 파는 것이 부당한 것이냐 상업 원리상 정당한 것이냐 하는 미국적 정의와 어떻게 같은 꼬챙이에 꿰어질 수 있겠는가!

그러나 생각은 한 고비를 더 접어들지 않을 수 없었다. 다르기는 다르다. 그러나 그 다르다는 것이 무엇을 의미하는가? 우리로서는 피 흘려 온 세월 속의 첩첩한 사정이 말할 수 없이 절실하겠지만 그 절실함이 결국 무어란 말인가? 그것은 결국 이 땅의 객관적 실정인 후진성의 이면에 불과한 것이 아니겠는가? 우리만의 하소연할 데도 없던 그 절실함이 그 자체로서 어떤 우월성이 될 수 있단 말인가! 반대로 마이클 샌델의 그 미국적 정의가 보여 주는 한가로움이야말로 일정한 문화적, 정치적 성취를 보여 주는 것이 아닐까? 어느 정도 궤도에 오른 문화만이 갖춘 안정적 구도, 그런 구도에서만 가능한 평화롭고 통제 가능한 탈-갈등의 정의관에 대해 나는 공연히 시비를 걸고 있는 것이 아닐까?

오래 전 나는 이 만신창이의 땅에서는 가장 뛰어난 지적, 도덕적 능력을 지닌 위인이라 할지라도 일정한 문화적 성취를 이룬 나라의 가장 평범한 한 시민이 가진 평균적 자질을 결코 능가하지 못할 것이라는 우울한 가정을 세워 본 적이 있었다. 솔직히 말해서 그 이후 나는 그 가정을 부인할 만한 어떤 논리도 찾지 못했다. 미국적 정의 역시 그런 것이 아닐까? 그것을 한가롭다고 보는 시각의 이면에서 나는 어떤 공연한 시기猜忌 내지 부러움을 애써 억누르고 있었던 것은 아닐까?

아마 어느 일방만이라고 단정하기는 어려울 것이다. 나는 아직도 이 땅의 역사적 특수성과 이 땅이 맞이하고 있는 역사적 시간의 유일회적 의의에 가히 목을 걸고 있다. 그것을 버리고 우리가 어디에 발붙이고 서겠는가? 그래서 나는 아직도 『정의란 무엇인가』의 저 정의를 한가롭다고 감히 규정해 보는 것이다.

독파한 책은 거실장 위에 몇 달째 무료히 뒹굴고 있다. 표지 위에서 주머니에 손을 찌른 채 등을 보이고 있는 샌델은 지금도 저 영명하다는 하버드의 수재들과 함께 열심히 정의를 궁리하고 있는 듯하다. 쉽사리 와닿지 않는 저들의 궁리를 멀거니 바라보며 나는 이제 별로 궁리할 일도 없어 보이는 이 땅의 현실, 정의롭지도 않고 딱히 불의도 아닌 엉거주춤한 현실을 생각한다.

정의란 무엇인가? 어차피 그 과제는 어느 사회에나 있는 것이고 어느 세월에서도 제가끔의 모습으로 등장할 영원한 과제이겠지만 적어도 샌델의 동명의 책은 나에게 이렇다 할 감동을 주지 못했다. 감동을 받기에는 내 영혼의 조건이 아직은 지난날의 악몽에 사로잡혀 있기 때문일까? 다만 그 책은 지금도 거실장 위에서 먼지를 맞으며 나를 괴롭히고 있다. 그것을 한가하다고 흉을 본 나의 마음에는 거짓이 없었을까? 없었다고 시원히 말할 수 있을까? 꺼림칙한 여운 속에서 나는 나의 흔들리는 결론을 되새김질해 보고 있었다. 독파 후 나는 두 번이나 그 한가롭다던 책의 특정 부분을 찾아서 다시 읽었던 것이다. 그것은 책의 말미 어딘가였다. 책의 주제와는 약간 거리가 있는 이야기를 하고 있는 부분에서 나를 유혹하듯 잡아끈 것은 로버트 케네디의 연설문 한 토막이었다. 그가 암살되던 해이기도 한 1968년, 캔자스 대학에서 했다는 이 연설에서 그는 다음과 같은 이야기를 미 국민들에게 하고 있었다.

> 우리의 국민총생산은 8천억 달러가 넘습니다. 그러나 여기에는 대기오염, 담배광고, 시체가 즐비한 고속도로를 치우는 구급차도 포함됩니다. 우리 문을 잠그는 특수자물쇠, 그리고 그것을 부수는 사람들을 가둘 교도소도 포함됩니다. 미국 삼나무 숲이 파괴되고 무섭게 뻗은 울창한 자연의 경이로움이 사라지는 것도 포함됩니다. 네이팜탄도 포함되고 핵탄두와 도시 폭동 제압용 무장 경찰차량도 포함됩니다. …… 그러나

> 국민총생산은 우리 아이들의 건강, 교육의 질, 놀이의 즐거움을 생각하지 않습니다. 국민총생산에는 우리 시의 아름다움, 결혼의 장점, 공개 토론에 나타나는 지성, 공무원의 청렴성이 포함되지 않습니다. 우리의 해학이나 용기도, 우리의 지혜나 배움도, 국가에 대한 우리의 헌신이나 열정도 포함되지 않습니다. 간단히 말해 그것은 삶을 가치 있게 만드는 것을 제외한 모든 것을 측정합니다.

나는 학자도 아닌 대통령 후보가 이런 연설을 할 수 있었다는 것이 말할 수 없이 부러웠다. 우리나라의 대통령 후보도 국민을 상대로 이 정도의 연설은 할 수 있어야 하지 않겠는가, 또 그런 연설을 할 수 있는 날이 쉬 와야 하지 않을까 생각해 보았다. 그리고 인정하지 않을 수 없었다. 너무나도 당연히 그런 날은 우리를 둘러싸고 있는 국가적 정의, 사회적 정의에서 저 피 냄새가 완전히 가실 때에 오리라는 것을! 정의를 둘러싸고 더 이상 우리가 부끄러움과 죄의식으로 몸을 떨지 않을 때에 오리라는 것을! 그리고 무엇보다 저 먼 아프리카의 어느 한심한 국가에 사는 나약한 지식인 하나가 한반도의 현실이 기록된 무슨 책 한 권을 읽고 '저들이 논란을 벌이는 정의는 참으로 한가롭기도 하구나' 하는 말을 시기심 속에서 중얼거리게 될 때에 오리라는 것을!

영화의 리얼리티와 민주주의

언젠가부터 우리나라 영화를 볼 때마다 나는 그 발전된 모습에 감탄을 하게 된다. 감탄을 넘어 어떨 땐 눈물겹다는 말로 표현해도 좋을 만큼 진한 감회를 느낀다. 무슨 과장된 제스처냐고 하실 분들도 있겠지만 내게 있어서 그것은 조금도 과장이 아니다. 왜 과장이 아닌지를 설명하는 것으로 한국 영화에 대한 나의 짧은 이야기를 시작하겠다.

우선 나는 요즈음 젊은 감독들에 의해 만들어지는 영화들을 무의식적으로 내가 어린 시절에 본 영화들, 그러니까 주로 1960년대에 만들어진 영화들을 배경으로 하여 보곤 한다. 이것은 나 정도 연배들에게 있어서는 어쩔 수 없는 현상이 아닌가 한다. 주연급으로 김진규나 최무룡, 김지미, 김승호 등이, 조연급으로는 박암, 황해, 문오장, 도금봉, 조미령 등이 등장하던 영화들은 한마디로 진부했다. 물론 그 시절에는 그 시절 나름대로 흥미와 감상의 기준이 따로 있었다고 할 수도 있을 것이다. 그러나 그 때 그 영화를 보던 사람들 중에서 가장 어린 세대였던 우리들은 이미 그 영화의 형식이며 내용이 낡은 관념에 절어 있다는 것을 신세대의 감수성으로 느끼고 있었다.

이를테면 조금 전까지만 해도 적들에게 쫓기던 주인공이 동료가 쓰러지자 갑자기 그를 부둥켜안고 목 메인 대사를 길게도 읊조리는 것 따위가 그것이다. 그를 업고 달아나든지 먼저 적의 공격을 물리치든지, 아슬아슬하게 쫓아오던 적은 갑자기 어디로 갔는지 마치 다른 필름 토막이 잘못 끼어든 것처럼 엉뚱한 신파극이 연출되던 모습은 어린 눈에도 우스꽝스럽기 짝이 없었다. 그뿐인가? 더빙된 육성들은 지금까지도 종종 코미디의 소재로 이용될 만큼 틀에 박힌 어조로 생산되고 있지 않았던가.

일언이폐지하여 리얼리티의 결여라고 할 수 있는 당시 한국 영화의 이런 문제점은 신영균을 거쳐 신성일이 출현하도록 크게 개선되는 것 같지 않았다. 물론 변화의 조짐이 전혀 없었던 것은 아니다. 내게 있어서는 이장호 감독의 〈공포의 외인구단〉이나 〈과부춤〉, 배창호 감독의 〈고래사냥〉이나 〈깊고 푸른 밤〉

같은 작품들이 다소 낯선 변화의 조짐들로 다가오던 것을 기억한다. 그것들은 과거와는 다른 소재들을 다루기 시작했는데 어쩌면 바로 그 때문에 아직은 진정한 리얼리티를 안겨 주지는 못했던 것 같다.

그 후 바쁘고 여유 없는 세상살이를 하면서 영화를 볼 기회를 오랫동안—거의 20여 년 가까이!—갖지 못했던 것이 또 하나의 여건이 되었을까? 언젠가부터 다시 보기 시작한 한국 영화는 너무나도 달라져 있었다. 꿈에도 기다리던 저 리얼리티가 화면에 돌아와 있었던 것이다.

한마디로 경이적이고도 가슴 뭉클한 체험이었다. 신상옥 감독이나 유현목 감독의 영화와는 판이하고 이장호 감독이나 배창호 감독의 영화와도 확실히 달랐다. 나로 하여금 그런 느낌을 갖게 한 영화들을 열거해 보자면 대략 〈강원도의 힘〉, 〈살인의 추억〉, 〈고양이를 부탁해〉, 〈8월의 크리스마스〉, 〈접속〉, 〈은행나무 침대〉, 〈초록물고기〉, 〈바람난 가족〉, 〈타짜〉, 〈엽기적인 그녀〉, 〈질투는 나의 힘〉, 〈장밋빛 인생〉, 〈괴물〉, 〈봄 여름 가을 겨울 그리고 봄〉, 〈올드보이〉 등등이다. 내가 이들 영화에서 발견할 수 있었던 캐릭터라든가 연기, 시나리오, 주제, 미장센 그리고 그 모든 것에 관류하는 리얼리티가 어딘가에 숨어 있다가 갑자기 나타난 것은 아니라고 생각한다. 그것은 샘물처럼 조금씩 그러나 끊임없이 솟아올라 영화라는 예술매체에 차곡차곡 모아져 온 것이 분명했다.

생각하면 20세기 전반 우리의 민족정신을 담지해 온 분야는 누가 뭐라 해도 문학이었다. 국권상실의 피폐한 시대에 큰돈 들이지 않고도 생산과 유통이 가능했던 분야로서 문학은 그야말로 민족정신의 잔명을 보존해 온 전등傳燈의 공을 남겼다고 해도 과언이 아닐 것이다. 그러나 문학은 20세기 후반의 새로운 여건에 직면하면서 급격히 그 역할을 축소시켜 갔다. 그 과정과 변화의 논리를 설명하는 것은 많은 시간과 지면을 필요로 하는 일이므로 생략하기로 하자. 다만 결과만을 놓고 볼 때 나는 문학의 그 역할이 종국에는 영화 쪽으로 옮겨 갔다고 본다. 소수의 지식인 중심에서 대중 중심으로 옮겨진 것이라든지 우회적인 문자매체가 직접적인 영상매체로 바뀐 것이라든지 생산되고 소비되는 패턴의 친자본주의적 성향이라든지 영화는 정신소통의 새로운 담지자로 등장할 여러 요소를 갖추고 있었다.

민족정신이 스스로를 표출하고 확인하는 주된 수단으로 영화를 선택하였다는 사실 자체는 그다지 감격스러워 할 일은 아니다. 감격스러운 것은 영화가 그런 리얼리티를 갖추어 온 과정이 우리나라의 민주주의가 발전해 온 저 고난의 과정과 온전히 일치한다는 사실이다. 민족의 자주독립이 엄연한 선결과제이던 시절 혹은 냉전적 대립구도가 철벽처럼 버티고 있던 시절에 우리는 우리의 실존 위에 그런 리얼리티를 세울 수 없었다. 국가도 민족도 이런저런 이념도 우리의 구체적 삶에서 발해지는 정당한 요구를 능가하는 것일 수 없다는 것, 우리 한 사람 한 사람의 존재와 땀내 나는 삶이야말로 모든 것의 진정한 현장이라는 인식이 쟁취된 후에야 스크린은 바로 그런 리얼리티를 담아낼 수 있었던 것이다.

영화관의 어둠 속에 앉아 팝콘을 집어 먹으며 스크린 위에서 전개되는 영상들로부터 알싸한 공감을 받으면서도 그것을 당연한 듯이 받아들이고 있는 젊은이들에게 나는 말해 주고 싶다. 그것이 얼마나 긴 세월을 통하여 스스로의 한계와 씨름하고 나와 이제 간신히 불 밝혀든 우리 자신의 정체성인지를 아느냐고.

이른바 '한류'라는 것이 형성되어 세계적으로 주목받는 문화의 흐름을 만들어 낼 수 있었던 것도 나는 역시 그런 정치적 민주주의에 힘입은 것이라 생각한다. 아시아, 중동, 유럽인들이 한국의 영화나 드라마에서 날카롭게 포착한 것이 있다면 그것은 한국인들이 스스로의 실존에 자연스러우면서도 정밀하게 초점을 맞출 줄 아는 저 경이로움이었을 것이다. 그 초점은 스스로의 시야를 가리고 방해하는 온갖 관념과 가치의 덩어리들을 정치적, 사회적으로 깨부수고 난 후 비로소 투명해진 의식 속에서 맞출 수 있었다고 할 수 있다.

이 단계에서 구태여 한마디 조언을 하자면 이런 성취가 결코 불멸의 업적으로 유지되지는 않을 것이라는 사실이다. 리얼리티는 영원하지 않다. 그것은 변질될 수도 있고 상실될 수 있다. 무엇보다 나는 요즈음의 미국 영화를 보면서 그 점을 절실히 느낀다. 미국 영화는 확실히 그 영광의 고점을 넘어 미국이 맞이한 문화의 위기를 보여 주고 있다. 할리우드는 이제 전 세계인들을 열광시키던 그런 장면을 만들어 내는 일에 점점 무력감을 노출하고 있다. 영화적 효과는 주로 특수하고 왜곡된 설정에서 억지로 도출되고 있으며 영화를 통해 스스로의 균형 잡힌 자화상을 보는 일도 갈수록 초점을 잃어 가고 있다.

비슷한 현상이 한국 영화에서도 엿보이고 있다. 어쩌면 한국 영화가 리얼리티를 얻어 가던 초기부터 그 안에는 이미 그런 요소가 싹트고 있었다고 해도 과언이 아닐 것이다. 80년대 후반 민주항쟁의 열풍으로 소용돌이치던 젊은이들의 문화 속에서도 실은 조만간 실체를 드러낼 저급한 대중성과 눈먼 소비주의가 범람하고 있었다. 위기는 정치적 민주주의의 쇠퇴에서 오고 있다고 할 수도 있고 삶의 안일과 문화의 퇴락에서 오고 있다고 할 수도 있는데 아마 그 둘은 동일한 실체의 양면일 것이다. 그 점에서 최근 정치적, 사회적 방면에서 노골적으로 드러나고 있는 민주주의적 원칙들의 훼손은 오래 전부터 진행되어 온 삶의 퇴락을 표현하는 것이라 할 수 있다.

스크린 위에 모아지는 우리들의 단순한 감수성도 결국은 삶의 종합적인 역학관계에서 빚어져 나오는 것이다. 문화의 어떤 조그마한 한 모퉁이에서 이루어지는 성취나 구름 그림자처럼 알게 모르게 덮쳐 오는 위기나 다 마찬가지다. 그 모든 연관성은 놀랍고 그 어느 것에나 우리의 존재, 우리의 생명이 전폭적으로 관련되어 있어 때로는 바로 그 균형을 달성하기 위해 한 시대의 수많은 목숨이 내걸리기도 한다는 사실에 전율을 느낀다.

영화도 그 한 모퉁이다. 그래서 거기서 잠시 보는 리얼리티에는 목숨의 가치가 엿보인다. 특히 요즈음과 같은 변환기에 한국 영화를 돌아보고 전망한다는 것은 그 자체가 가슴 뭉클하고, 착잡하고, 뒤숭숭한 그 무엇이다. 영화가 아직까지는 문학에 뒤이은 민족정신의 담지자로서 대표성과 상징성을 가지고 있기 때문일 것이다.

임권택 감독과의 대화

언젠가 한남대학교에서 열린 한 학술 세미나에서 임권택 감독은 '한국적 영화미학이란 무엇인가'라는 주제로 발표를 하였다.

약 한 시간에 걸친 주제발표에서 임권택 감독은 자신이 살아온 영화인생에 대하여 차근차근 이야기를 했다. 나는 이미 임권택 감독의 동국대 강의록(동국대 유지나 교수가 『영화—나를 찾아가는 여정』이라는 제목의 책으로 발간)을 통하여 대부분 알고 있는 내용이었지만 육성으로 다시 듣는 그의 영화 인생은 여전히 흥미로웠다.

먹고살 길이 없어 우연히 영화의 길로 들어섰다가 감독이 된 이야기. 아무 의식 없이 액션 영화나 사극을 찍으며 50여 편의 영화를 양산하던 초기 단계를 거쳐 국산영화 네 편을 만들면 외화 한 편의 수입권을 주는 제도 덕분에 흥행을 염두에 두지 않고 좋은 영화를 만들 수 있었다는 이야기 등등에 청중들은 진지하게 귀를 기울였다.

특히 대만영화제 참석차 처음으로 해외에 나갔을 때 "갑자기 한국이라는 것이 없어지더라"는 독특한 조국 체험을 비롯하여 아무도 알아주지 않는 나라, 비극적인 현대사로 둘러싸인 이 나라와 그 땅의 사람들, 그들의 삶에 내가 관심을 기울이지 않으면 누가 기울이겠느냐는 깊은 체험 후 더 의미 있는 영화를 만들기 시작했다는 말은 다시 들어도 감명이 깊었다.

발표 후 사회자가 질의시간을 부여했고 나는 첫 질문자로 마이크를 잡았다. 이하는 나의 질문 요지.

임권택 감독의 영화를 볼 때마다 마지막 장면의 처리가 참으로 탁월하다는 생각을 하게 된다. 〈서편제〉에서 아이 손 잡혀 길 떠나는 장면, 〈아제 아제 바라아제〉에서 비구니 스님의 독백 등도 다 훌륭한 마감 효과를 보여 주고 있지만 특히 〈장군의 아들〉과 〈축제〉의 마지막 장면은 매우 특별했다.

〈장군의 아들〉 마지막 장면은 문병을 마치고 병원 문을 나와 돌아가는 주인공 김두한을 등 뒤에서 일제 앞잡이 조선인 형사가 "긴또깡(김두한)! 너 이리 좀 와봐" 하고 불러 세우는 장면이다. 김두한이 뒤돌아보고 무슨 새로운 상황이 전개될 듯 한데 장면이 정지되고 엔딩 크레디트가 올라온다. 너무 의외이기 때문에 어떤 이들은 그런 설정이 제2편을 암시한 것으로 보기도 한다. 그러나 그것은 병원 안에서 처음으로 자신이 김좌진 장군의 아들이라는 사실을 전해 듣고 "싸움은 지금부터다. 우리는 싸우고 또 싸워야 한다"는 말로 한껏 주인공과 관객들을 고무시켜 놓고 곧이어 그런 주인공이 한낱 조선인 형사에 의해 강아지 불리듯 호출되는 냉엄한 식민지 상황을 보여 줌으로써 그 낙차에서 오는 절망감을 영화 전체로 소급시키는 충격적 요법이 아닌가 한다. 이 장면이 없었더라면 〈장군의 아들〉은 그야말로 평범한 액션 영화에 그치고 말았을지도 모른다. 그런데 이 장면으로 인하여 영화의 작품성이 한 순간에 격상되고 있다.

이런 연출이 처음부터 계획된 것이었는지 제작과정에서 나온 것인지를 알아보고 싶어 원작 시나리오까지 구해서 읽어 보았다. 그랬더니 원작 시나리오에는 병원 밖 멀리에서 조선인 형사가 기다리는 모습이 보이도록만 되어 있었다. 그래서 시나리오에서 암시된 것을 감독님이 더 효과적으로 연출한 것 정도로 추정했는데 이 기회에 좀 확인을 해주셨으면 좋겠다.

〈축제〉의 마지막 장면도 매우 특별하다. 장례에 참석한 모든 가족들이 모여서 가족사진을 찍는 이 장면이 채택되지 않았더라면 영화 전체가 그만큼 살아나지 않았을 것이다. 아시다시피 〈축제〉의 전개과정은 좀 복잡하고 산만하다. 그런데 마지막 장면이 그 모든 것을 소급하여 통일시키고 의미를 부여한다. 그 소급효과는 감독님이 직접 정하였다는 이 영화의 제목 〈축제〉와도 너무나도 잘 어울린다. 실로 임 감독님 같은 거장이 아니라면 연출할 수 없는 것이 아니었나 한다.

마지막 장면 처리와 관련하여 이런 생각이 나만의 생각인지 다른 비평가들로부터도 들어 보신 적이 있는 것인지 여쭈어 보고 싶다.

나의 질문에 대해 임권택 감독은 이렇게 대답하였다.

영화계에는 "영화가 끝나야 시나리오가 끝난다"는 말이 있다. 그만큼 시나리오는 영화가 만들어지는 전체 과정에서 계속 수정되고 보완된다. 〈장군의 아들〉 시나리오를 구해 보셨다는데 어떤 시나리오인지는 모르겠지만 영화가 다 만들어지고 난 후에 정리된 사후 시나리오가 아닌가 싶다(내가 보기에 이 시나리오는 사후 시나리오는 아닌 것 같다. 다만 이 말을 통하여 그는 마지막 장면에 대한 연출이 자신의 고안에 의한 것임을 밝힌 것 같다). 다만 〈장군의 아들〉은 아까도 말씀드린 바와 같이 이태원 제작자가 좀 쉴 겸 가벼운 영화를 만들어 보라고 강권해서 만든 영화다. 일부 비평가들은 나의 대표작 리스트에 포함시키지도 않는다(이 말은 통해 그는 일부 비평가들의 견해에 어느 정도 동의하는 뉘앙스를 풍겼지만 나는 꼭 그렇게 볼 일만은 아니라고 생각한다).

〈축제〉는 아시다시피 주인공의 노모 장례식에 참석한 가족들의 갈등과 애환을 그리고 있고 거기에는 서로간의 오해와 원망이 교차한다. 마지막 사진을 찍는 장면에서 그런 모든 정한과 오해들이 노모의 사랑을 돌이켜 보는 것을 통해 한 차원 높은 데에서 해소된다. 마지막 장면에 그런 효과를 그려 본 것은 사실이고 그 점을 질문자께서 정확히 보신 것 같다.

답변은 10분 정도에 걸쳐 길게 이어졌는데 임 감독이 워낙 눌변인데다 내가 정확히 기억이 나지 않는 부분이 있지만 요지는 대충 위와 같이 간추렸다. 이어서 내가 두 번째 질문을 하였다.

다른 분들도 질문하실 것이 있을 텐데 미안하지만 한 가지만 더 질문을 드리고 싶다. 이번에는 좀 비판적 차원에서 드리는 질문이다. 감독님께서는 지난 1999년에 〈춘향전〉을 만들었고 이 영화는 칸 영화제 경쟁부문에 진출하기도 하였다. 나는 왜 임 감독께서 오늘날과 같은 시점에서 다시 〈춘향전〉을 영화

화해 보려고 하였는지 그 의도가 궁금했다. 아시다시피 이 영화는 개봉 후 별로 흥행도 안 되었고 비평가들의 비평도 그다지 좋지는 않았던 것으로 기억한다.

영화를 보고 나서 왜 임 감독께서 이 영화를 만들었는지 나름대로 추측을 해보았다. 아까 발표 때 감독님께서는 유럽의 어느 영화인이 임 감독님의 여러 영화를 보고 나서 "임 감독의 영화는 한국문화의 종합박물관 같다"고 찬사를 보냈다는 이야기를 하셨는데 나는 감독님이 〈춘향전〉의 가상 관객을 동시대의 한국인들이 아닌, 유럽이나 기타 서구의 영화인들로 설정하고 있었던 것이 아닌가, 그리고 그것 때문에 이 영화가 진정한 현장을 놓쳤고 영화적 리얼리티도 갖추지 하게 된 것이 아닌가 한다. 이런 생각에 대해 어떻게 생각하시는지 물어보고 싶다.

임권택 감독의 답변이 이어졌다.

우리나라에 영화가 생긴 후 춘향전을 내용으로 하여 만들어진 영화가 총 14편이나 된다. 그 중에 판소리 춘향가가 들어가는 영화는 이 영화가 처음이다. 춘향전은 소설도 있지만 원래는 판소리였다. 나는 판소리를 주제로 영화를 만들어 보고 싶어 〈서편제〉도 만들었다. 판소리 중에서도 춘향가는 특히 서민적 애환의 보고다. 가끔 노래방 같은 곳에 가보면 영상과 음악이 따로 노는 것을 보면서 누구나 같은 값이면 노래에 맞는 영상이 나오면 더 좋지 않겠는가 생각하지 않느냐. 나는 춘향전이라는 탁월한 판소리 음악을 그에 걸맞는 영상에 담아 보고 싶었다. 영화에는 시종 판소리가 나온다. 이 영화를 판소리에 대한 애정과 그것을 영상으로 형상화시켜 보겠다고 한 차원에서 바라보고 이해해 주길 바란다.

영화 〈춘향전〉은 판소리 음악의 영상화 이외에도 우리나라의 아름다운 자연과 고유 의상, 고유 음식, 예법, 민속 등등 전통문화를 담아 내려는 목적도 있었다. 많은 외국인들이 〈춘향전〉을 보고 그 속의 한국적 문화와 삶을 읽고 찬사를 보내 왔다. 요즈음은 국내 비평가들 중에도 〈춘향전〉의 이러한 측면에 대해 높이 평가하는 사람들이 있는 것으로 알고 있다.

나의 질문도 길었지만 임권택 감독의 답변은 더 길어 질의응답에 걸린 실제 시간은 20분이 넘었다. 시간이 없어 사회자는 더 이상의 질문을 받지 못했고 결과적으로 내가 질문시간을 독점한 것이 되어 다른 분들에게 매우 미안했다.

두 질문 중 비중은 두 번째 질문에 있었던 것이 사실이다. 임권택 감독의 답변은 나의 비판적 질문에 대한 반론이 되지는 못했고 오히려 나의 비판내용을 어느 정도 확증해 준 측면마저 있지 않나 생각한다. 우리 고유의 전통문화를 아름다운 영상으로 남기려 한 그의 의도는 충분히 이해할 수 있지만 영화는 소설과 마찬가지로 가장 중요한 요소가 '플롯'이다. 신분 질서가 무너져 가던 조선조 후기, 호남 읍성에서 우연히 만나 서로 사랑을 나누고 미래를 약속한 청춘남녀가 부득이 서로 이별하게 된 이후, 여자는 신관 사또에 의해 수난을 겪고 남자는 훗날 암행어사가 되어 돌아와 여자를 극적으로 구출, 재결합을 한다는 조선조 후기의 아름다운 꿈이 과연 오늘날의 세상에서 어떤 의미와 가닥으로 접합될 것인지 임 감독은 깊이 생각하지 못했던 것 같다. 판소리 음악의 영상화에만 지나치게 집착한 결과 영화 전체의 작품성에 관한 중심감각을 놓쳐 버린 것이라고 나는 생각한다.

행사가 끝난 뒤, 언제나 그렇듯이 좀 더 시간이 있었더라면 그에게 이런 이야기도 했을 텐데 하는 아쉬움이 마음속에서 저 혼자만의 질의응답을 이어 가고 있었다.

임 감독님의 영화를 보면 하나의 장면이 가진 감동적 리얼리티를 위해 얼마나 각고를 하는지 느낄 수 있고 그 결과 영화사에 남을 만큼 많은 명장면들이 만들어진 것을 볼 수 있다.

〈씨받이〉에서 주인공(강수연)이 아기를 낳는 장면은 이미 영화계의 전설이 되었다. 이 출산 장면은 훗날 〈하류인생〉의 유사한 출산 장면으로까지 이어지는데 〈하류인생〉에서는 플롯 상 출산이 큰 의미를 가지지 않음에도 불구하고 그 연출에 공을 들인 것은 어쩌면 〈씨받이〉의 출산 장면에 대한 감독님의 자긍심이 표출된 것이 아닐까 하는 생각이 들어 저절로 웃음이 지어지기도 한다.

〈서편제〉에서 유봉 가족이 진도아리랑을 부르며 고갯길을 넘어 가는 장면도 이미 한국 영화사의 명작으로 남았다. 대갓집 마당에서 판소리를 부르는 장면은 화성 민속촌에서 많은 엑스트라들을 동원하여 촬영을 하였지만 생동감이 없자 찍은 필름을 모두 버리고 판소리의 본고장 해남에 가서 현지 주민들을 모아 놓고 다시 찍었다. 이런 노력들이 결과적으로 〈서편제〉를 작품성이 높은 영화로 만들지 않았나 한다.

또 1979년작 〈깃발 없는 기수〉를 보면 주인공(하명중)을 짝사랑하는 하숙집 딸(김영애)이 주인공의 무심히 던진 말 한 마디에 자기 방으로 돌아와 사랑에 겨워 혼자 감격해하는 장면이 나온다. 나는 수십 년에 걸친 김영애 씨의 영화인생을 통틀어 과연 그 장면만큼 리얼하고 멋진 장면을 다시 얻을 수 있을까 하는 생각을 한다.

〈태백산맥〉에서는 강간을 당한 여인이 정지간의 어둠 속에서 뒷물을 하다 우는 장면이 나온다. 이 장면의 리얼리티에 자신감을 얻은 감독님은 훗날 〈창〉에서 여주인공(신은경)이 무자비한 강간을 당한 후 역시 울며 뒷물을 하는 장면을 연출하는데 이는 보는 이들의 마음을 찢어지게 하는 리얼리티를 얻고 있다.

이런 점에서 만약 감독님의 영화를 통틀어 가장 우수한 분야를 말하자면 역시 미장센(장면연출)이라 할 수 있다. 플롯은 오히려 너무 탄탄한 것이 흠으로 작용했다. 〈서편제〉에서는 유봉이 일부러 자신의 딸을 장님으로 만드는 설정이 두고두고 따가운 지적을 받았다. 이청준의 원작 단편소설은 그런 소문도 있다는 식으로 암시만 하고 있어 소설적 여운을 남겼지만 감독님은 영상으로 그런 베일을 치지 못했다. 외국에서 받은 영화상이 주로 주연배우나 조연배우상 그리고 감독상에 치우치고 작품상이 적은 것도 그런 점을 반영한 것으로 보인다. 이런 평가를 인정하시겠는가?

임권택 감독의 답변은 상상이 잘 되지 않았다. 대답 없는 질의는 그 후에도 며칠간 지속되었다. 나는 특히 좌익활동을 한 아버지에 연좌되어 유형무형의 억압을 받던 절망의 60년대에 그가 이 가망 없는 조국을 탈출하여 차라리 어느 외국에서 살고 싶었다고 한 이야기를 많이 되새겨 보았다. 그리고 대만영화제 참석차 처음으로 외국에 갔을 때 가련한 자신의 조국에 대해 재발견하였다는 이야기와 그의 영화인생의 극적인 반전이며 세계적 감독의 반열에 오른 것 등이 어떻게 관련되는지 곰곰이 추측해 보았다. 나는 〈춘향전〉과 관련하여 그에게 질문하였던 부분에 대해 여전히 의문이 남았다. 〈춘향전〉에 이어 나온 〈취화선〉이나 〈천년학〉, 〈달빛 길어올리기〉를 통해 그가 과연 완전한 한국인으로 돌아온 것인지 아니면 아주 역설적으로 그가 끝없이 염원하던 어느 외국으로 완전히 탈출한 것인지 물어보고 싶었다. 그러나 그 질문은 여러 가지 혼란스러운 생각으로 인하여 지금까지도 질문으로서마저 잘 정리가 되지 않고 있다.

영화 속 종교

영화 〈패션 오브 크라이스트〉를 보았다. 영화관이 아닌 교회 교육관에서 방석을 깔고 앉아 소란스럽게 뛰어다니는 아이들 틈으로 간신히 보았는데 그런 탓은 아니겠지만 한마디로 그다지 감동을 받지 못했다. 영화를 보고 나서도 영화의 주제에는 거의 생각이 미치지 않았다. 대신 과연 영화라는 매체에 직접 종교적인 사건이나 주제를 담을 수 있을까 하는 근본적인 생각을 많이 해보았다.

이 영화는 예수가 등장하는 다른 몇몇 영화들과는 달리 예수의 생애 중에서도 마지막 며칠만을 대상으로 하고 있다. 체포, 재판, 가혹행위, 그리고 십자가에 못 박혀 죽는 과정 등이 리얼하게 드러나 있지만 이 수일간에 드러난 종교의 첨예한 내용은 거의 표현을 얻지 못하고 있는 듯 했다.

이 영화는 소문대로 예수에 대한 채찍질 장면이나 십자가에 못 박히는 장면 등 잔혹한 장면이 많아 미국에서만 관람 중에 쇼크사한 사람이 여럿이라고 한다. 그러나 수난에 초점이 맞추어진 이 효과는 사실은 종교적 진실이 현실의 장벽에 마주치면서 스스로를 드러내는 첨예한 의미와는 거리가 있는 것이다. 잔혹 효과는 진정한 종교적 의미를 대체하는 것이거나 겨우 그것을 암시하는 것에 지나지 않는다.

주로 가시적인 것 내지 영상미학에 의존해 있는 영화라는 장르는 그 점에서 종교적 주제를 직접 드러내기에 알맞은 매체는 아닌 것 같다는 것이 나의 잠정적 결론이다. 어떤 표현 매체든 우리가 표현하고자 하는 내용을 그 매체 나름의 표현 방법에 따라 표현할 수 있다고 우리는 막연히 생각하기 쉽다. 그러나 매체에 따라 그것은 사정을 매우 달리 한다.

이 문제를 내가 절실히 생각하게 된 것은 왜 일제 식민지 시대에 있어서는 문자 매체에 의한 문학이 특별한 역사적 임무를 수행하였던 반면, 다른 매체들은 상대적으로 미약한 역할을 수행할 수밖에 없었던가 하는 의문을 가지면서부터였다. 영화는 영사기라는 과학기계가 등장하면서 새롭게 등장한 매체다. 종합매체이기는 하지만 거기에서 시각은 현저한 우위를 차지하고 있으며 서사적인 구조는 소설이나 희곡의 그것을 이어

받고 있다.

우선 시각적 효과의 우위는 현존하는 것, 그것도 피상적인 것의 우위를 의미하는 것이라 생각한다. 전통적인 '의미'는 '이미지'에 의해 급속히 그리고 뚜렷하게 대체되고 있다. 서사적 구조는 소설의 의의와 한계를 그대로 물려받고 있다. 루카치가 소설의 기능을 다음과 같이 정의했던 것을 생각해 본다.

> 신이 떠나 버린 타락한 시대에, 타락한 방법으로, 문제적 주인공이, 진정한 가치를 추구하는 일.

영화의 기능이 나는 거기에서 멀지 않을 것이라 생각한다. 두 요소를 종합할 때 결국 영화는 삶의 표면을 섬세하고 감각적으로 미끄러져 가면서 이 삶이 안고 있는 공허함이나 부질없음을 드러낸다. 영화의 기능과 역할은 대충 그런 지점에 설정되어 있다.

그러므로 종교, 그 중에서도 기독교, 그 중에서도 예수 그리스도라는 사건을 표현하는 매체로서 영화는 근본적으로 적절한 매체가 아닌 것 같다.

종교는 인간의 지각 능력 가운데에서 가장 은미한 능력에 속하며 안이한 일상적 감수성 앞에 그 실체를 드러내는 일은 드문 것이다. 따라서 예수 그리스도 사건을 다루는 영화의 다수가 그 주변적 사건을 중심적으로 다루면서 중심인 예수 그리스도를 오히려 주변적으로 배치시키고 있는 것은 주목할 만한 일이다.

그 대표적인 영화가 〈벤허〉다. 거기에서 예수는 민족적 원한과 보복의 서사에 개입하면서 스스로를 간접적으로, 그것도 변죽만 울리는 방식으로 나타내고 있다. 이것은 종교적 주제를 직접 영화의 내용으로 삼는다는 것이 영화의 속성에 의할 때 적절하지 않기 때문에 그 구도를 영화의 논리와 속성에 따라 재편하고 조정한 것이라 할 수 있다.

영화 〈바라바〉도 마찬가지다. 이 영화는 법정에서 빌라도가 예수를 사형에 처하는 대신 강도 바라바(안소니 퀸)를 사면하는 데에서 출발하고 있다. 영화는 바라바의 그 후의 긴 생애를 서사적으로 다루고 있다. 그는 다시 강도짓을 하다가 수십년의 형을 살고 거기에서 탈출하여 검투사가 되는 등 어지러운 삶을 엮어 간다. 영화는 어리석은 인간 바라바의 흔들리는 삶을 통하여 옛날 그와 함께 법정에 서 있던 나사렛 청년의 죽음을 부각시키고 그 종교적 의미를 드러내 보려 하고 있다. 그것은 루카치가 『소설의 이론』에서 말한 바로 그 방식과 크게 다르지 않다. 그러나 영화 속 숨겨진 종교적 주제는 여전히 애매할 뿐이다.

영화 〈공자〉를 보고 나서도 기독교 영화에서 느낀 것과 조금도 다른 느낌을 받을 수 없었다. 영화는 공자의 생애를 지루할 정도로 피상적으로 훑고 있었을 뿐이다. 주윤발의 연기는 볼 만했지만 그가 짓는 엄숙한 표정이 공자가 구현해 보려던 삶의 진실을 반영할 수는 없었다. 까마득한 2천 5백여 년 전에도 '보여지는 것(色)'에 대해서 만큼은 유난히도 거부 반응을 보였던 공자는 어쩌면 그 긴 세월 뒤에 도래할 영상미학의 시대를 미리 감지라도 했던 것일까? 영화 〈공자〉는 공자의 그 어떤 진실도 담고 있지 않았다.

〈패션 오브 크라이스트〉나 〈공자〉를 보고 아무런 감동을 받지 못한 것은 어쩌면 당연한 것이었다. 돌이켜 보면 종교의 죽음이 깊숙이 진행되고 있는 시대다. 영화의 안이든 밖이든 종교의 진실이 직접 드러날 여지가 과연 남아 있겠는가. 소설이나 영화가 종교에 접근할 수 있는 유일한 방법은 그 부재를 드러내는 역설적 방법밖에 없다는 것이 이 시대 우리의 쓸쓸한 결론인 것 같다.

정처 없는 글쓰기

철들고 나서 몇십 년 동안 나는 소위 '글'이라고 것을 쓰지 않고 살았다. 쓸 일도 없었고 쓸 필요성도 느끼지 않았다. 약간의 음악평론과 논어에 관한 두 권의 저술이 있었지만 나는 그것을 좀 특별한 작업으로 생각했지 '글'로 생각하지는 않았다. 그러던 것이 나이 오십을 넘어서면서 우연히 '글'을 쓰게 되었다. 개인적으로는 6년에 걸친 논어 저술이 가져온 지긋지긋한 스트레스에서 벗어나고 싶던 차였다. 출판을 하는 한 후배가 "형, 에세이 같은 것 한번 써봐" 하고 지나가는 말로 한마디 던진 것이 계기였다. 논어가 아닌 기타의 모든 관심으로 되돌아가는 것은 상쾌하고 즐거운 일이었다.

그것이 모여 『어른 되기의 어려움』이 되었다. 그 글을 쓰는 동안 나는 그냥 '글'을 쓴다는 생각만 했다. 하고 싶은 얘기가 흉중에 좀 쌓여 있었고 그것을 피력하자니 부득이 글을 쓰게 된 것이다. 수필을 쓴다는 생각은 한 번도 하지 않았다. 그러다가 어느 신문에 시사칼럼을 쓰기 시작하면서 신문사가 그럴듯한 명함이 없는 나를 '수필가'로 소개해 주었을 때 나는 비로소 내 글이 수필이 될 수도 있다는 생각을 하게 되었다.

그러나 솔직히 말해서 나는 아직도 수필을 쓰고 싶은 생각은 별로 없다. 말 그대로 붓 가는 대로 쓰는 것이 수필이라면 수필은 그 개념이 한없이 넓어 어떤 형식과 내용의 글도 다 포용할 만큼 너그럽겠지만 실제로 수필은 그런 느낌으로 다가오지 않는다. 나에게 수필은 여전히 완고하고 보수적이고 배타적인 영역이다. 왜 그런 느낌이 들까 생각해 보니 우선은 수필이 문학의 한 영역으로 자리 잡고 있기 때문인 것 같다. 문학은 내가 십 대와 더불어 떠난 영역이다. 그 영역을 떠날 때 나는 문학의 역사적 사명이 대략 반세기 만에 종료하였다는 느낌을 가지고 있었다. 실제 그 후의 세월은 그 느낌을 현실적으로 입증해 주었다고 생각한다.

물론 그렇다고 해서 우리 삶에서 문학이 전혀 무용지물이 되었다고는 생각하지 않는다. 문학은 아직도 다른 수단으로 대체할 수 없는 고유한 기능과 역할을 가지고 있지만 역사의 주역에서는 물러나 있는 것이 사실이다. 그런 사정에 약간의 개인적인 이유까지 보태어져서 나는 내 글이 문학이 되지 않도록 의식적, 무의식적으로 노력하였다. 그래도 얼마만큼은 문학기文學氣를 떨치지 못했고 또 어느 정도는 그 기운에 기대어 왔던 것도 사실이다. 그래서 어떤 분들은 나의 글에서 흘러간 추억을 되살리기도 하는 모양인데 그 점이 때로는 부끄럽게 여겨졌다.

『어른 되기의 어려움』에서도 이야기하였듯이 내가 추구한 것은 어디까지나 윤리적인 세계였다. 글은 나에게 있어서 그 세계로 가는 수단일 뿐이었다. 그런데 문학에서의 글은 대체로 그 자체의 목적이 되어 있다. 20세기 전반의 민족사에서 그런 현상은 불가피하였으나 지금은 그렇지 않다. 수필은 그런 문학의 영역에 아직도 혼몽하게 빠져 있다. 그 점이 나로 하여금 수필에 친근한 감정으로 다가설 수 없도록 가로막고 있는 것 같다.

원래의 수필은 우리가 보고 있는 저 수필과는 다른 모습이었다. 이를테면 몽테뉴에게 있어서 그것은 무언가 새로운 세계를 향해 나아가는 탈형식의, '새로운 시도(essai)'였다. 수필은 항상 그렇게 모든 기존의 형식을 떨치고 떠나는 새 시도일 필요가 있다. 그것이 형식에 대한 관심에서 오지 않는 것은 자명한 일이다.

나는 요즈음 거의 글을 쓰지 못하고 있다. 구차한 변명을 늘어놓기 이전에 그것은 근력이 다한 노인이 문턱을 넘어서지 못하는 것과 비슷한 현상이라 생각한다. 그러자니 마음속에 맴도는 것은 더 많고 더 착잡하다. 그래도 지난날처럼 문학기가 감도는 나긋나긋한 글은 죽어라고 쓰기가 싫다. 나는 당분간 나의 이 침체를 지켜볼 작정이다. 이 침체 속에 혹 또 어떤 신의 계획이 숨어 있는 것은 아닌지, 나 자신을 무력하게 내맡기고 있는 이 물결이 나를 나도 모르는 또 다른 어떤 지평으로 안내하지는 않을는지, 그리하여 어느 날 정말 드물다는 저 명실상부한 '시도'가 나에게도 한 번쯤은 허용이 될 것인지, 흐려져 가는 눈으로 가늠해 보고 있다.

안양천에서

찰튼 헤스턴이 주연으로 나오는 영화 〈혹성탈출〉의 마지막 장면에 보면 황량한 바닷가에 자유의 여신상이 쓰러져 누워 있는 충격적인 모습이 나온다. 영화의 모든 비밀을 밝혀 주는 것이기도 했던 그 장면은 내게 있어서는 오랫동안 모든 장대함의 전형이었다. 인류 문명의 상징처럼 여겨지던 자유의 여신상이 긴 해안가에 쓰러져 있는 모습을 발상한 사람은 어쩌면 위대한 역모의 피를 타고난 사람 같기도 하다.

나의 별난 감수성은 언젠가부터 문명과 불연속선을 이루는 저 폐허의 황량한 풍광에서 불온한 희열을 느껴 왔다. 순수한 자연, 이를테면 그림 같은 전원이나 조용한 산사 혹은 가없는 바닷가 등의 정경에서 나는 별로 매혹을 느끼지 못하는 편이다. 자연의 아름다움과 순결함을 모르는 바 아니고 때로는 그 앞에서 경외감도 느끼고 쾌락감도 갖지만 아쉽게도 그런 감정은 내가 일상에서 안고 있는 삶의 정서에 별로 개입하지 못하는 권외의 감정이 되고 만다. 그것은 어느 정도 개인적인 취향 탓일 수도 있을 것이다. 그러나 그것은 취향에 앞서 자연의 순진무구함을 믿지 않는 나의 소견에서 오는 것이다. 오늘날의 현실에 있어서 자연은 이미 태초의 순결과 신성을 잃어버렸다는 것이 나의 판단이다. 자연은 문명이 거기에서 피로를 풀고 기지개를 켜도록 계산된 쉼터가 되어 문명의 적극적인 기구로 의미전환이 완료된 장소이거나 최소한 우리의 삶과는 절연된 장소로 내게는 보이는 것이다.

그러나 폐허는 좀 다르다. 거기에는 일차원적 아름다움과는 다른 특별한 메시지가 있다. 거기에는 문명에 대한 조소와 저주가 있고 아직도 진행 중인 혈투가 있다. 아름다운 자연이 분 바르고 머리 조아린 채 고스란히 문명의 수청을 들고 있는 것과는 달리 폐허에는 거친 호흡으로 문명에 시비를 걸고 그것을 부식시키는 뻣뻣함과 긍지가 도사리고 있는 것이다. 그런 차원에서 나는 연탄재와 부서진 타이프라이터와 폐선로와 유리조각, 그리고 흙 속에 처박힌 『타임』지 따위를 노래한 이하석의 시를 한동안 좋아했다. 그의 시 가운데에서 가장 전형적이라 할 「투명한 속」은 그 버려진 땅을 이렇게 노래하고 있다.

투명한 속

유리 부스러기 속으로 찬란한, 선명하고 쓸쓸한
고요한 남빛 그림자 어려 온다, 먼지와 녹물로
얼룩진 땅, 쇠 조각들 숨은 채 더러는 이리저리 굴러다닐 때,
버려진 아무것도 더 이상 켕기지 않을 때,
유리 부스러기 흙 속에 깃들어 더욱 투명해지고
더 많은 것들 제 속에 품어 비출 때,
찬란한,
선명하고 쓸쓸한, 고요한 남빛 그림자는
확실히 비쳐온다.

껌 종이와 신문지와 비닐의 골짜기,
연탄재 헤치고 봄은 솟아 더욱 확실하게 피어나
제비꽃은 유리 속이든 하늘 속이든 바위 속이든
비쳐 들어간다. 비로소 쇠 조각들까지
스스로의 속을 더욱 깊숙이 흙 속으로 열며

이십여 년 전, 건국대학교 남쪽에서 한강에 이르기까지는 드넓은 폐허의 모습을 하고 있었다. 엄청나게 높은 몇 개의 굴뚝

과 깨어진 벽돌 더미들은 그곳에 벽돌 굽는 가마가 있었다는 것을 알려 줄 뿐, 그곳은 키 높은 잡초와 콘크리트 덩어리와 벌겋게 녹슨 철물들과 송장메뚜기와 거미들이 주인 노릇을 하고 있었다. 나는 저녁 무렵이면 그곳을 찾아 황량한 벌판에 깔리는 낙조를 바라보곤 했다. 거기에는 젊은 영혼을 들쑤시며 설레게 하는 무량한 무언가가 있었다.

그 벌판에서 폐허의 모습을 본 이후 나는 이렇다 할 폐허를 다시 보지 못한 채 이십여 년을 살아왔다. 자고 나면 새로 건설되는 온갖 입방체의 공간에 갇혀 정신없이 사느라 나의 눈은 쇄락의 기회를 그만큼 오랫동안 가져 보지 못하였다는 말이 된다. 그런데 얼마 전 안양천을 보고 나서 나는 실로 오랜만에 저 폐허의 정경이 주던 쇄락감에 젖어들게 되었다. 목동에 살기 시작하고 나서 거의 5년이 지난 후였다. 차들이 무서운 속도로 달리는 간선도로가 심리적으로 접근을 막고 있던 안양천은 오히려 그래서 더 궁금한 미지의 영역이었는데 어느 날 문득 나는 그 미지의 영역에 접근하는 통로를 찾아볼 마음을 먹었던 것이다.

안양천은 사실 폐허라고 부르기에는 개념적으로 적절하지 않을는지도 모른다. 그러나 알고 보면 그렇지 않다. 겨우 몇 군데 비밀통로처럼 나 있는 건널목을 지나 뚝방 위에 올라섰을 때, 버려진 땅 안양천은 도시 한가운데에 누워 있는, 엄연한 폐허였다. 수리산, 관악산, 청계산, 백운산 등지에서 발원하고 있는 이 하천은 대도시 변두리 하천의 전형적인 모습을 갖추고 있었다. 수도권 소시민들이 배출하는 온갖 하수를 한강으로 실어 나르는 이 하천, 병든 도시의 정맥처럼 맥없이 누워 있는 이 하천은 낯선 침입자의 눈에 소외된 영역으로서의 쓸쓸한 모습을 숨김없이 드러내었다.

하천은 생각보다 폭이 넓었고 시원하게 조성된 하천부지에는 갈대와 잡초가 우거져 있었다. 뚝방 아래 농구 코트를 가로질러 곧바로 물 가까이 접근하니 탁한 오수의 냄새가 풍겼다. 결코 좋은 냄새는 아니었지만 다행히 그 냄새는 조그마한 소읍에서 어린 시절을 보낸 나에게는 추억의 냄새이기도 했다. 잠자리채를 들고 종일 철다리 아래 개천가를 쏘다닐 때 시커먼 도랑에서 나던 그 잊혀졌던 냄새를 나는 모처럼 다시 맡았던 것이다. 그래도 그 검은 물 위로 야생 오리들이 줄을 지어 이 기슭에서 저 기슭으로 미끄러지듯 헤엄을 치고 있었다. 봄이라서 그런지 하천부지는 온통 연록색이었다.

그날 이후 나는 1~2주에 한 번씩 안양천을 찾아갔다. 안양천은 평소에는 하상河床 중심부에 조성된 폭 70~80미터 정도의 좁은 유로流路를 따라서만 물이 흐른다. 그 양 옆으로 조성된 하천 부지는 각각 1백 미터가 훨씬 넘어 보이는데 잡초며 갈대가 우거져 있고 봄부터 초여름까지는 하얗게 개망초가 군집을 이루며 핀다. 채소밭 따위는 일체 보이지 않는다. 아마 구청 같은 곳에서 단속을 하는 모양이다. 군데군데 축구, 농구, 인라인 스케이트 등을 할 수 있는 시설들이 조성되어 있으며 특히 시멘트로 잘 포장되어 있는 자전거 도로가 나 있는데 이 도로는 한강변의 자전거도로와 이어져 있다. 해질 무렵이면 드문드문 사람들이 이 길을 따라 산책을 하거나 자전거를 탄다. 마라톤을 하는 사람들도 눈에 띈다. 모두 나처럼 간선도로의 삼엄한 방호벽을 뚫고 침투한 사람들이다.

나도 역시 자전거를 타거나 마라톤을 하며 이 안양천변의 황무함을 탐닉했다. 대충이라도 하천 부지의 모습을 소개하자면 우선 갈대밭 이야기부터 하지 않을 수 없다. 갈대의 키는 보통 어른들의 키를 넘어선다. 너무 빽빽이 우거져 있기 때문에 그 사이에 들어가 볼 엄두는 내지 못한다. 이곳저곳에 무리 지어 갈대밭이 조성되어 있는데 어떤 곳에서는 제법 넓은 갈대단지를 이루기도 한다. 바람이 불면 일대가 물결처럼 온통 일렁이는 것이 장관이다. 내가 가장 좋아하는 갈대밭은 자전거 도로 양쪽으로 약 1백 미터 정도나 길게 나 있는 갈대밭이다. 갈대가 길 쪽으로 숙어 있어 자전거 도로는 겨우 폭이 1~2미터밖에 안 된다. 빨간 자전거를 타고 이 갈대숲을 통과하는 맛이 그

저 그만이다. 바람이 불면 아주 먼 곳의 파도소리 같은 것을 내기도 한다. 갈대는 그 모습도, 그 소리도 모두 쓸쓸하고 하염없다. 그래서 그것은 때로 생각하는 인간에 비유되기도 하고 쉽게 흔들리는 여자의 마음에 비유되기도 하는가 보다. 너무 멀리까지 가서 돌아오는 길에 어둠이 가득 깔릴 때의 갈대밭은 그래서 그런지 깊이를 알 수 없는 사람의 마음처럼 무서운 느낌을 주기도 한다.

갈대보다 더 많은 것이 환삼넝쿨이다. 환삼넝쿨이라는 이름을 처음 듣는 사람은 있을지 몰라도 그것을 한 번도 본 적이 없는 사람은 없을 것이다. 우리나라 어느 개천가나 빈터에도 이 억센 넝쿨식물은 자란다. 워낙 번식력이 강하여 어떤 식물학자는 이 넝쿨은 식물이라기보다는 동물 같은 느낌을 받는다고 한다. 단풍잎 모양의 잎사귀를 가지고 있고 넝쿨 줄기에는 솜털처럼 가는 가시가 있어 어렸을 적에 메뚜기가 이 넝쿨 쪽으로 날아가 버리면 더 이상 쫓아가지 못하던 기억이 난다. 어쩌다 이 넝쿨 밭에 발을 디디면 발목이나 종아리를 긁히기가 십상이었기 때문이다. 식물도감에 보니 여름에 꽃이 핀다고 하는데 나는 그 꽃을 한 번도 본 적이 없었다. 그래서 나중에 일부러 눈여겨보았더니 푸른 잎사귀 위로 삐죽삐죽 솟은 것이 죄다 꽃이었다. 아주 옅은 보랏빛인데 도무지 꽃처럼 보이지를 않았기 때문에 꽃이라는 생각을 하지 못했던 것이다. 대체로 이런 버려진 땅의 들풀들은 일반 야생화와 또 달라서 꽃이 도무지 모양이 없다. 버려진 땅의 거친 풀들이 화려한 꽃을 피우지 않는 것도 나름대로 버려진 땅과의 조화를 추구하는 것이 아닌가 하는 생각이 든다.

이런 곳에서 자라는 식물들 중에는 어렸을 적 낙동강 변에서 본 이후 거의 사십 년 만에 다시 보는 식물들도 있다. 특히 높이 1미터 정도로 호도만한 열매가 달리고, 닫혀가는 나팔꽃 모양의 연보랏빛 꽃이 피는 식물을 다시 보았을 때가 제일 반가웠다. 그 식물 앞에 섰을 때 잠시 순간, 나는 자신이 초등학교 1~2학년 아이로 되돌아간 것 같은 아련한 자의식에 젖었다. 평소에는 보지 못하다가 이런 거친 땅에서 그런 식물을 만나는 것을 보면 어떤 종류의 식물들은 반드시 거칠고 오염된 땅에서만 생육한다는 것을 알 수 있다. 비옥하고 부드러운 흙을 거부하는 이 식물들의 오기 어린 생태는 은밀한 모의처럼 고양된 느낌을 준다.

안양천의 몇몇 군데에는 대형차들이 주차해 있는 매우 넓은 부지가 있다. 시멘트로 포장된 이런 부지의 크기는 여느 축구장보다 훨씬 커 보인다. 이 부지에 주차해 있는 차량들은 도무지 어디를 굴러다니던 놈들인지 모르지만 그 모양새가 하나같이 우람하고 흉측하다. 어떤 놈은 길이가 기차 두 량 정도는 되게 긴 놈도 있고 크레인 같이 육중한 기계를 하늘 높이 치세워 가지고 있는 놈들도 많다. 이 우람한 차들이 낮잠을 자고 있는 가운데로 빨간 자전거를 타고 바람을 가를라치면 마치 맹수들 틈에서 조그마한 복슬강아지가 재롱을 피우며 놀고 있는 듯한 느낌이 든다. 대부분 낮잠을 자고 있지만 때로 시동이 걸린 차량 옆으로 지나자면 귀가 아플 정도로 엄청난 굉음을 울려 댄다. 또 더러 새로 진입하거나 나가는 차들은 뿌연 흙먼지를 갈대밭 쪽으로 날려 보내기도 한다.

이번 여름, 비가 많아지면서 나는 안양천에 물이 불어 이 주차장이며 갈대밭이며 축구장 등이 몽땅 물에 잠기는 것이 보고 싶었다. 한번 그 생각이 들자 그 모습이 보고 싶어 온몸에 좀이 쑤셨다. 강폭 전체를 가득 채운, 도도한 물살이 뚝방 너머 즐비한 고층 아파트 단지들을 위협하는 안양천의 위용과 반란을 나는 보고 싶었던 것이다. 어느 날 비가 몹시 퍼부은 다음, 가늘어진 빗줄기 속에 우산을 쓰고 나는 안양천을 찾아갔다. 그러나 아쉽게도 상류 쪽에 비가 많이 오지 않은 탓인지 안양천은 약간 물의 양이 늘었을 뿐 여전히 좁은 유로로만 물이 흐르고 있었다. 두어 번을 그렇게 헛걸음을 했을 것이다. 그 후 다시 며칠간 큰비가 내린 후 나는 또 안양천을 찾았다. 그날은 예감이 달랐다. 벌써 남부지방에서는 홍수 소식이 전해지고 있었던 것이다.

아니나 다를까. 안양천은 누런 황톳물로 넘칠 듯 부풀어 있었다. 갈대밭이며 자전거도로, 주차장, 농구장은 흔적도 없이 물에 잠겨 있었다. 농구골대만이 황톳물 위에 겨우 모가지를 내놓고 있었다. 유속은 매우 느려 결코 도도한 흐름이라고 말할 수는 없었지만 어쨌든 안양천 전체 폭을 가득 메우고 물이 흐르는 것을 보는 것은 모처럼의 감격이었다. 어렸을 적 낙동강에 큰물이 졌을 때 어른들의 손을 잡고 서서 바라보던 망망한 강물이며 그 위에 떠내려가던 집, 가축, 통나무 같은 것들 이후 이만한 장관도 별로 볼 기회가 없었던 것이다.

얼마 후 수해복구 작업이 진행되던 시점에서 나는 다시 자전거를 타고 안양천을 찾았다. 과연 물은 다시 유로로 좁혀들고 넓은 부지가 원래의 모습을 드러내었다. 뿌옇게 뻘흙을 덮어쓴 갈대들이 더러는 쓰러져 누워 있고 더러는 다시 허리를 펴고 있는 모습은 어딘가 강인하고 역동적인 느낌을 주었다. 다리 밑 교각에 덧댄 철 구조물에는 홍수에 실려 온 쓰레기가 높다랗게 걸려 있고 군데군데 고인 물에는 비 개인 하늘빛이 비치고 있었다.

한바탕 흙탕물이 지나간 안양천은 마른 흙빛으로 인하여 전반적으로 뿌연 빛깔을 띠고 있었는데 그것은 흰색을 많이 섞어 그린 유화처럼 보였다. 그런데 그 뿌연 빛깔 위로 완연히 새로운 신록이 출현하고 있었다. 그것은 매우 경이로운 모습이었다. 불과 며칠만인가! 그 사이에 저 이름 모를 잡초들은 싹을 틔워 뻘흙 사이에서 뾰족뾰족 솟아나고 있었던 것이다. 심지어 쓰러져 누운 갈대 잎 위에 쌓인 뻘흙에서도 풀들이 자라고 있었다. 습지에는 맹꽁이들이 코 막힌 소리로 요란하게 울고 있었고 부쩍 늘어난 잠자리들은 자전거로 달리는 얼굴이며 다리에 무시로 와서 부딪친다. 하루살이들도 부쩍 늘어나 그 후 마라톤을 하는 날에는 곳곳에서 머리를 숙이거나 입을 다물고 달리지 않으면 안 되었다. 이마에 흐르는 땀을 훔치면 대여섯 마리씩 땀에 익사한 놈들이 손등에 묻어난다. 길게는 하루, 짧게는 서너 시간밖에 못 산다는 이 미물들의 집요한 군무를 뚫다 보면 생명의 맹목적 집요함이 우리와 다르지 않다는 것을 느낀다. 큰물이 지고 난 후의 안양천은 그렇게 숨쉬고 있었다.

인간들이 무너진 둑을 보수하고 쓰러진 담장을 세우고 수해의연금을 내느라 길게 줄을 서는 사이에 안양천의 식물들은 무슨 박테리아처럼 저들만의 방식으로 대대적인 청소작업에 돌입하고 있는 듯했다. 군데군데에 쌓인 쓰레기와 죽은 물고기를 부패시키며 풀들은 자라 어떤 것들은 다시 토양으로 돌려보내고 어떤 것들은 분해하여 대기 중으로 날려 보냄으로써 문명의 오탁이 꾸역꾸역 몰려들고 있는 이 저지대를 억척스럽게 가꾸어 가고 있었던 것이다.

봄부터 지금까지 나는 지칠 줄도 모르고 안양천과 놀고 있다. 나는 문명의 개숫물이 흘러 내려가는 이 거친 저지대에서 잠시 숨을 쉰다. 이런 휴식도 어쩌면 내 존재에 있어서는 불성실과 도피를 의미하는 것인지도 모르겠다. 그러나 이만한 휴식도 없이 어떻게 이 곤고한 세월을 살아간단 말인가. 이제 초가을이다. 안양천의 뿌연 흙빛은 어느덧 다시 녹색의 풀빛들로 바뀌었다. 그래도 자세히 보면 풀더미 아래에는 아직도 큰물의 상처가 뿌옇게 혹은 시커멓게 남아 있다. 그래도 안양천은 지난달보다 훨씬 더 차분해졌고 파란 하늘 아래에는 군데군데 코스모스가 피어 그림처럼 고운 정경을 연출하고 있다. 이제 그 코스모스도 쓰러져 눕고 풀들도 누렇게 시들어 본격적인 가을의 모습을 보이는 것도 시간문제일 것이다. 그리고 머지않아 겨울이 오면 이 헐벗은 안양천에도 눈이 올 것이다. 나는 눈 덮인 안양천의 모습이 벌써부터 궁금하다. 그때 자전거 바퀴 자국이 난, 하얀 길을 입김을 뿜으며 걸어가 보고 싶다.

병든 도시의 정맥, 안양천을 생각하면 나는 공연히 마음이 아득해지고 눈물겨워진다. 그리고 이하석처럼 이 버려진 저지대低

地帶에 찬가를 보내고 싶어진다.

어떤 버려진 골짝이라도

어떤 버려진 골짝이라도, 호젓한,
모든 것이 홀로인 채로 돌아앉아 깨어 있는 곳, 부스럭거리는
깡통들의 틈서리라도, 다 제각기의 삶은
열리고 닫힌 채로 사랑에 겨워 있다.
인간들의 꿈과 정액들과 손찌검이 묻은 채,
그것들은 황음한 욕망과 전쟁을 거쳐 왔으므로.

풀이여 깡통이여, 너희들이 향하는 인간의 세계는
늘 고통으로 너희들 곁에 있다, 버려진 채로
더욱 확실하게 모든 것을 떠받들고서.